JN028877

ハートランド

HEARTLAND

YŌJŌ

養生

池田亮

IKEDA Ryo

白水社

ハートランド／養生

装画　りよこ

【目次】

ハートランド　005

養生　101

特別付録：あとがきにかえて　177

上演記録　203

ハートランド

《登場人物》

ユアン フイミン（28歳）
自称アジア系の外国人。台湾生まれ。

岡 正樹（31歳）
ドキュメンタリー映画監督。父親は有名な映画監督。

相葉三映（37歳）
俳優。岡と岡の父親の映画に出演歴がある。

羽瀬川仁（33歳）
画家。元柔道部。都内美術館に出展が決まっている。

江原幸子（44歳）
常連客。元陸上部。地元からほとんど出たことがない。

須田 学（58歳）
元教師。劇場映画の違法アップロード、海賊版や盗撮で逮捕歴がある。

《備考》
罫線で囲まれている部分は同時進行する。

シーン・０（開演前）

巨大なスクリーンがある。

ＣＭや映画の予告映像が流れている。

演劇が行なわれる劇場に訪れたと思いきや、映画館に来てしまったようなイメージ。

開演前の客入れ中、本作『ハートランド』の開催時期と近しい舞台・映画・美術館等の宣伝・予告映像が流れている。その映像は現実に存在するものを使用する。

開演時刻が近づくにつれて、２０２１年4月20日付近に上演・上映・開催する作品の宣伝・予告映像が流れる。

開演時刻となる。場内が暗くなる。

シネスコのように暗闇でスクリーンの横幅が拡張する。

シーン・1

開演すると2021年、過去。春、昼、となる。

上映のマナーに関するアニメーション映像が流れる。テロップを読み上げるナレーション音声は、相葉三映が担当している。

《上映のマナーに関する映像》

「劇場マナーについて　映画『ハートランド』4月20日公開」（クレジット）

「アニメーション：モッタイ（クレジット）　声：相葉三映」（クレジット）

①切り絵調の劇場画面にアニメーションのキャラクターたちが写っている。

②キャラクターの一人がスマホを見て明かりが周囲に広がる。

③周りのキャラクターが迷惑がる。

④テロップ「劇場では、本当の時間や現実を感じたくなると、スマホの光がついちゃうね。でも今は、スマホを控えてね」

⑤別のキャラクターが前の椅子を蹴る。

⑥テロップ「前の座席を蹴らないでね」

⑦また別のキャラクターがタバコを吸う。

⑧テロップ「タバコを吸わないでね」

⑨サイレンが鳴り、警備のキャラクターが出てくる。

⑩テロップ「非常の際はスタッフの誘導に従ってね」

⑪警備の後に続き、一人を除きキャラクターが全員いなくなる。

⑫テロップ「上演中はマナーを守ってね」

⑬一人残ったキャラクターがスクリーンに飛び込む。

⑭映画のタイトル・日時、キャッチコピーが出る。
「映画『ハートランド』・2021年4月20日公開」
「――終わらない血縁たち。」

《上映のマナーに関する映像》が流れ始めた際の出来事。
劇場に設置されている実際の客席にて。
マスクをした岡正樹が座っている。
その隣にマスクをした須田学も座っている。
須田はリュックを抱き抱えている。
リュックのポケット部分が穴で空いており、そこから出る小さな赤い光に岡が気づく。
《上映のマナーに関する映像》後、『NO MORE 映画泥棒』の映像が流れ始める。
岡、自分の財布を須田の足元へ故意に落とす。
探し始める素振りを見せながら、須田のリュックのポケット部分を横目で確認する。

岡　り、りゅリュック……

須田、岡を嫌がり、リュックを少し上に上げる。

岡　なんか、あ光、が

須田、岡の顔を見る。
岡、須田のリュックに軽く触れる。

岡　光が、漏れて

須田　あ？

岡　ここから漏れて

須田　あ！

須田、岡の手を振り払う。
岡、ポケットの穴に手を入れようとする。振り払われる。
岡、須田の手を掴（つか）もうとする。
須田、抵抗する。

岡　あの、すみませんね、ねこれ、ここの……凶器出さない

須田　おいちょい、バカ、てめぇ

岡　凶器、出さないよ！　えぐいえぐい、えぐいえぐい

岡、ポケットの穴に手を入れ込み、中のカメラを掴んで取ろうとする。

須田　ちょちょバカ、ちょちょちょちょちょよいちょちょ

岡　あ……あああ何撮って、今撮ってたかああ！

岡、声で威嚇しながら、須田のリュックにしがみつく。

須田　アホ野郎、アホ！

岡　ダメよ見ました俺、今、これ懲役か罰金だろ、聞こえんのか！

須田、岡の勢いに敵わず、リュックを奪われる。

岡　負けねえ！

須田、そのまま逃げようと客席を立ち通路へ。

岡　犯罪って分かる、日本人!?

岡、暗い劇場内で逃げた須田を追う。

岡　リュックからカメラ！　カメラで撮ってた、そいつ今！

岡、須田を追いながら他の観客へ注意喚起。

岡　映画泥棒本当にやってる！　盗撮そいつ！　捕まえて！

須田、岡に追い詰められて捕まり、スクリーンがある壇上部分へ上がって逃げる。

岡、須田を取り押さえ、共にスクリーンへもたれこむ。

岡　凶器出すな俺も持ってるからな！　持ってるからなー！

須田　（咳）げぇっふ！　ぐえぇぇふ
岡　呼んでー、スタッフ、か、ガタイいいやつ呼んで！　映画泥棒、ガチ、ガチで！

『NO MORE 映画泥棒』の映像後、映画『ハートランド』の冒頭が流れ始める。

《映画『ハートランド』の冒頭》
①長く遠くへ続く土手の道がハの字で映っている。
②土手の道を奥へ向かって歩く、父と息子がいる。
③飛行機が飛び立つような効果音が高まっていく。
④『ハートランド』のタイトルロゴ、映倫マークが浮かび上がる。

須田と岡がスクリーンの中へ入り込む。
岡、須田を引っ張り、スクリーンの奥へ連行。
スクリーンに映る『ハートランド』の映像が左右反転し、『ハートランド』となる。
ロゴが消え、奥へ向かって歩いていく父と息子の映像が続く。

スクリーンが落下する。
スクリーンの奥には、昼間はブックカフェ、夜はバーやライブスタジオ、そして駆け込み寺的な宿泊施設でもあり、様々な人々が集まり、俗世とは少しかけ離れた土地にある、ハートランドがある。

シーン・2

観光地から離れた山奥、観光客の足が遠のき、地元民が住む昭和中期から後期にかけて建てられた住宅がぽつぽつとある地域。

「オロナイン」や「塩」や「キリンビール」など、辛うじて文字を認識できるほど剥げてしまっているホーロー看板が並び、錆びたトタン製の壁が貼られ閉店した店が連なる一角に、ハートランドがある。

ハートランドから4軒ほど離れた場所にプレハブ小屋がある。

羽瀬川仁が居処にしており、今は彼のアトリエとなっている。

そこから少し山を下り、トンネルを抜けると、海が見える丘がある。

ハートランドの入り口は引き戸になっており、その引き戸を開けると、ブックカフェがある。

その奥にある引き戸を開けると、バーがある。

さらに奥の引き戸を開けると、ちゃぶ台の置かれた座敷がある。

そのまたさらに奥の引き戸を開けると、もともと、蔵として使っていた場所を改装したスタジオ兼ギャラリーがある。

スタジオ兼ギャラリー（以下、「スタジオ」）にはプロジェクター、小さいスクリーン、パソコン、旧型のVRセットがある。

スタジオから宿泊部屋に続く階段がある。

2023年、現在。春、昼過ぎ。

須田、スタジオにて、プロジェクターでスタジオ用の小さいスクリーンに投影した映画『ハートランド』の冒頭を眺めている。映像のなか、父と息子が奥のほうへと歩いている。

ARゴーグルを着け、その映像の奥を見る。暫くして、ため息とともに外す。

スマホを取り出して見る。プロジェクターをリモコンで消す。

白マスクをつけた相葉がキャリーバッグを引きながら、登場。

崎陽軒の弁当や横浜ビールなどのお土産袋を持ち、黒マスクをした岡も登場。

岡、ジンバルにスマホを装着し、相葉や風景を撮影している。

相葉　ああここ

岡　（ハートランドの外観を見て）……いやあ

相葉　ついたね

岡　映像よりすごい。これ壁も

壁には「LOVE AND PEACE」「NO NUKES」と書いてある。

岡　LOVE AND PEACE NO NUKES……

相葉　おるかしら

岡　はぁー……

相葉　モッタイさんいたらお礼したいね

岡　んー……本物より本物だわ

相葉、玄関の引き戸を開けようとするが、硬い。

相葉　たー……鬼かてぇのよな、ここはな

相葉、マスクを顎へずらし、引き戸を開けようとする。開けようとするが開かない。

岡、手荷物を持つ指を痛がっている。

須田、戸を開けようとする音に気づき、バーから入り口を覗う。

相葉　昔から……そうなのよねここが
岡　……指痛いんだけど
相葉　……あー硬い！
岡　いっ……てぇ
相葉　硬（か）ってーやこれ
岡　鍵かかってんじゃない
相葉　中やってる雰囲気だし

須田　……

須田、ブックカフェ付近まで近づき、様子を覗う。スタジオに戻り、小型カメラを持ってバーへ。バーとブックカフェ内も見える隙間の位置へ小型カメラを慎重に隠して置き始める。

相葉、引き戸を開けようとするが、なかなか開かない。

岡　いっってぇ……え、そんな硬い？

岡、マスクを顎へずらし、相葉に近づく。開く気配はない。

相葉　鍵かかってる？
岡　え、わからんて

ようやく引き戸が少し開く。
須田、カメラを隠して置き終え、録画を開始し、宿泊部屋へ戻る。

相葉　ちょっと開いた……あ、より……重（おも）
岡　ちょっと俺やろっか？
相葉　いや……（笑い）ふ、先に進みたいね？
岡　指とれるからホント

岡、戸を開けるのを手伝うため、相葉の後ろに近づく。

相葉　……いやいや（笑う）
岡　なに
相葉　戸も開けられない大人がここにおるのよ（笑う）

岡　や大人頑張ってよ指痛ぇから

相葉がギリギリ入れるスペースまで引き戸を開ける。

相葉　ほいきた

狭い隙間を入っていく相葉。

相葉　すみませーん

続いて、岡。開いた隙間には通れず、引っかかる。

岡　いっ……てぇぇ……

引っかかった体の部位で引き戸を押すようにし、入り込む。ブックカフェには誰もいない。

相葉　すみませーん……

岡、ようやく入れる。

岡　もうちょい開けて入って
相葉　あごめん
岡　後ろも見て
相葉　うん、（店内を示し）まぁ、こちらを（店内を眺め）……わああ、あれだ……あの中盤ぐらいのシーン
相葉　や結構序盤だよ
岡　うそ。あそっか
相葉　なつかし……（店内本棚の上部を示し）確かそっちの、上のほうからこう、見下ろす感じでカメラ回してた
岡　ほー……。思ったより本たくさんあんね
相葉　中身もすごいの売ってて
岡　へー
相葉　太宰（だざい）の全集の初版とか
岡　まじか
相葉　あとかなり昔からある絵本とか

岡、引き戸をすんなり閉める。引き戸を二度見。

岡　え、軽……閉まるの、めちゃくちゃスムーズだよ　これ、どうなってんの

岡、再び開けようとするが硬く、なかなか開かない。

岡　え開かな……開けるの重……（少し開けて、閉める）閉まるの軽

相葉　独特っしょ

岡　衝撃で指の痛さ忘れた

相葉　リクシルも真似できんよ

岡　どういう仕組み？

相葉　金具とか錆びたからじゃない

岡　それでこうなる？　指痛……

相葉　自然にそうなったのそれ、ここの雰囲気の影響で

岡　うさんくさ

相葉　えとね、はっさん、っていう人がいて

岡　うん

相葉　「この引き戸はここに集まるやつにそっくりだ」て言ってて

岡　どういう……え、その、はっさんって人が

相葉　そう

岡　あー指痛

相葉　「心を開くのは時間がかかる、閉まるのはあっという間だ」って

岡　へー

相葉　心が建物にも伝わったんだよ

岡　あーそういう系の駆け込み寺ね

相葉　ていうか本来お店だから

岡　そっか、あー限界……

岡、手荷物をカフェの机に置く。

岡　横浜ビールにもぎ取られるところだった

相葉　言ったじゃん崎陽軒だけでいいって

岡　崎陽軒は組み合わせによって真の崎陽軒を発揮する

相葉　ここの人たちビールあんま飲まないけどね

岡　えなんで目的地に到達した時点でそれを言う？

相葉　言いました売店で

岡　俺の指なんだったんだよ指
相葉　だから言ったって
岡　（横浜ビールと崎陽軒を合体させ）真・崎陽剣（きようけん）！
相葉　……ちょっと、あんまりうるさいのしないでね
岡　あは
相葉　雰囲気壊れる
岡　ああ（笑う）
相葉　しょーもな

岡、上機嫌になり、スマホで相葉と風景を撮影し続ける。

岡　てか、よそ者をお土産というセンスの塊で判断するでしょ、こういうコミューンの人らは
相葉　てか崎陽軒と横浜ビールって定番中の定番でセンスどうこうの前だけどね
岡　や定番中の定番が最終的にセンス良いと思われるから
相葉　えー
岡　これ映画でも一緒だよ
相葉　一緒
岡　そ、最終的に人々の記憶に残んのは定番かつシンプルっていう、現実汚なすぎるの見たくないからイッツソーバニラで、今の人々は。あ全部皮肉ですね？
相葉　急にDaiGo（ダイゴ）じゃん
岡　ウィッシュ
相葉　メンタリストのほうね。本に囲まれてるからか？
岡　真・崎陽剣のけん、ていうのはね、つるぎと書いた剣だから
相葉　どうした今日
岡　『チェンソーマン』第二部の、名前を呼んだら武器にできるやつ！
相葉　今日テンション高いね
岡　第一部のほうが好きなんだけどね。や本物の場所はテンション上がるべ。（店内を見渡し）奥にもあんだっけ？
相葉　そ。ここがね、マスターとかがいるバー
岡　いいねえ
相葉　で奥にスタジオていうかギャラリーもあって
岡　ぬーん

シーン・3

ハートランドの外から犬の鳴く声が聞こえる。

岡　おら。ワンコも鳴いてらあ！

相葉　あー散歩かな

何度か「ワンワン」という犬の声が聞こえる。

相葉　あー、さっきの、はっさんがさ

岡　うん

相葉　「このあたりの動物はここに集まるやつらそっくりだ」って

岡　はっさんなんでもそっくりにするな

相葉　「結局、自然界と生きようとする」って

岡　なんでもありだ

犬の声が遠くなっていく。

相葉　「人も裸でよいだろう」みたいなこと何度も（笑う）

岡　よくねーだろ

相葉　そう……はっさん……うん

岡　そのはっさんって人、いる？　ここに

相葉　や、今は……あーでもこれ……言っていいのかな？

岡　え、聞きたいかも

相葉、撮影している岡のスマホを指し。

相葉　……あ。いや、これはカメラ回さないでもらいたいんだけど

岡　あー……そう

岡、スマホの撮影を止めて、仕舞う。

相葉　いわゆるその、はっさんって人は、自分のことを重病だって言ってて

岡　うん

相葉　その、童貞で。あ、これは重病とかじゃないんだけど

岡　ああ、うん

相葉　今までその、そういった行為をしなかった、人とできなかったっていうか、そういう生き方だったわけ

岡　うん

相葉　さっきの話もほとんど私にしてて、周りに聞いてくれる人があんまいなくて……でもその、はっさんの対象っていうか、その相手っていうのはいて

岡　おーうん

相葉　大量の、フィギュア

岡　フィギュア?

相葉　あのアニメとかの

岡　ああ。あれか

相葉　スケートじゃないほうの

岡　うん

相葉　それを持ち歩いてたというか、それを持って、ここにきて

岡　まあ人形愛してる人いるもんね

相葉　ん。でもちょっと違うのが、こじらせっていうか……なんか……よくいえばアーティスト、んー……

岡　……んー

相葉　その、「自分は子孫を残せない存在」って言っててずっと。で、途絶えていく遺伝子のやるせなさ……っていうのを遺（のこ）したい、みたいなこと言ってて、その……自分の好きなフィギュアに、自分の体液、ま精子なんだけど、何度もかけて、乾かして変色して繰り返してっていうモノを大事に持ってて

岡　はー大事に

相葉　子孫を残せずに淘汰されていく自分を表わしたフィギュアをもう、何体も持ってるみたいで、

その一つを奥のギャラリーに「置かせてくれ、その後に死にたい」て言ってきた人なのね

岡　わーちょっと

相葉　ま、ひくと思うんだけど

岡　何て言うか、そういう性癖

相葉　ていうか辿り着いちゃったみたいな。それ自分のなかで言葉にして

岡　そうか……

相葉　自分のこと、フィギュア界の宮沢賢治だって言ってて

岡　それ宮沢に失礼、よく言い過ぎ

相葉　タネヲマケズ、ヒトニモマケズ……

岡　その撒けずじゃねぇだろ失礼な

相葉　4、5回聞かされた

岡　えフィギュア自体見たの？

相葉　え？　まぁうん、奥に展示されてて当時は

岡　えどんなかんじ

相葉　一応見て、私ちょっと目すぐ逸らしちゃったけど

岡　ま……ハイセンスだよね

相葉　でもそういう人でも、ここだと一応受け入れるっていうか。はっさんが持ってきたフィギュアを展示品として扱うのここは

岡　へぇ

相葉　「これは、生きる辛さを表わしてるね」みたいな

岡　え、ここのその、奥のギャラリーはそういうものを展示するとかっていうところ？

相葉　いや普通の絵も展示してるよ。あと映像作品とか

岡　ほー

相葉　単純に、ここがはっさんの生まれ故郷だし

岡　あ、ここが？

相葉　結構実家近い

岡　へぇ

相葉　まぁだから、最後の展示っていうか……はっさんは今もう……どうしてるんだろうね……3年ぐらい前だし

岡、スマートフォンをもう一度取り出す。

岡　……やっぱカメラ回していい？

相葉　え？

岡　今の相葉さん雰囲気すごくいいから
相葉　……あーうん……あ、今の、はっさんの部分は
　NGでいい？
岡　うん。じゃあ、定番に定番のところぐらいから
　もう一度お願い
相葉　ああうん。あれ、なんて言ってた？
岡　お土産がなんとかとか
相葉　ああ
岡　まぁでも全然、言うこと変わっちゃってもいい
　から
相葉　はーい
岡　自然と出てくる感じで。あ、マスクとろっか。
　（相葉の髪型に対し）おさげいいね。（近くのCDを
　適当に渡し）これ持とっか
　相葉、マスクを耳から外し、雰囲気作りのために古い
　CDを構える。
　岡、見下ろすようにスマホのカメラを回す。
岡　映画だとこの位置ぐらいから……それじゃあ、
　よーい、はい
相葉　……まぁ、定番中の定番ですよ
岡　ああ、俺の持ってきたお土産が
相葉　うん
岡　まぁ、でもそれは映画でも同じだよ？
相葉　そうかな？
岡　定番中の定番が流行る世の中だから
相葉　あーそれは、あなたの父親のこと？
岡　……え、あー。まぁそうだね
相葉　そうか
岡　え、父親ともここでそういう話した？
相葉　ん？
岡　撮影以外で
相葉　映画の全体のこととかってこと？
岡　まあ、そっちで
相葉　うーん……まぁしたね
岡　そっか……してて楽しかった？
相葉　まー……その時はそういう関係だったから
岡　……似てる？
相葉　ん

岡　俺と考え方

相葉　まぁ。それは、うん

岡　そうか

相葉　（岡の目を見て）……いろいろ似てる

岡、カメラを止める。

岡　はい、カット。ありがとーう

相葉　あ、もういい？

岡　オッケーかな。父親のこと話してくれれば。やっぱＣＤ渡して正解だったわ

相葉　……てか、マスターぜんぜん来ない

岡　ああ

相葉　バー見てきていい？

岡　うん

相葉、マスクを耳にかけながらバーに繋がる戸まで行く。戸を開ける。

相葉　ここからは空気のように軽い

バーに入り、話しかける相葉。

相葉　すみませーん。マスター

バーの中をくまなく探す。

相葉　（バーの奥へ）マスター？　外かな

だがマスターはいない。

相葉　そっちから庭見に行く

岡　いいの、勝手に

相葉　全然許してくれるから

相葉、バーのキッチンから裏庭に向かう。

岡、相葉を待ちながら、絵本の題名を眺めつつ店内を回る。

岡　（置かれた本を持ち）……『はらぺこあおむし』、（本

を置き、別の本へ）『あなたはだあれ』……（別の本へ）『いない いない ばあ』……

バーの奥の引き戸が開く。

岡　？ ……（本を元の場所に置く）

マスクをつけてないユアン フイミンが、『100万回生きたねこ』（以下「ねこ」）のフィギュアを持ち、登場。岡と目が合う。

岡　……あ、こんにちは

ユアン、岡を見つめたまま、特にお辞儀などせず。

岡　マスター……で、あいや……あ、マスターて、どこいます、今

ユアン、口を開き、すぐ止まってから口を閉じる。

岡　あれ……あ……わ分かりますか？

ユアン、首を縦にふり、次に横にふる。

岡　えっと、それどっちの、それ……

ユアン、岡を無視しつつ、ねこのフィギュアを本棚の側へ置く。

岡　あのー……あ、その人形……

ユアン、岡の目を再び見る。

岡　ああ、100万回、100万回死んだ猫、すよね

ユアン　いき、た

岡　……あ

ユアン　生きた

岡　……あ、生きたですね。そっか100万回、いきた

ユアン、『いない いない ばあ』の絵本を手に取る。
その絵本を岡に見せる。

岡　……ああ……あ『いない いない ばあ』……知ってますそれあの、小さい頃、読んでましたその絵本、僕も

ユアン、微かに笑い首を縦にふる。
岡も笑って返す。

岡　ははぁ

ユアン、岡が笑うと真顔になる。
岡の反応を無視するように戸の前へ。
振り返り、岡に数回手を振る。
岡が手を振ると、すぐに戸を閉める。そのままスタジオへ行く。
小さいスクリーンの近くに『いない いない ばあ』の絵本を置く。
ユアンはそのままスタジオのパソコンを操作する。

岡　……は？

シーン・4

外はもう夕方になっている。
犬の首輪とバッグを持った江原幸子（マスクはつけていない）が入ってくる。
入り口の引き戸を軽く開ける。

江原　こんにちはー
岡　（軽く開いた様子に）……え？
江原　（岡を見つけ）……あ、こんにちは
岡　（衝撃でカタコト）コンニチハ……
江原　あ、ハロゥ
岡　あ、日本人です……あ、マスター？
江原　あー違う違う、私もお客さん
岡　あー
江原　ですー
岡　すみませんそれは
江原　いいえ～

相葉が戻ってくる。

相葉　お
岡　あ、お客さんが
相葉　（江原を見て）あら？（マスクをつける）
江原　（相葉を見て）え～、うそ、あれ？　え、あいちゃん？
相葉　（マスクを顎まで下げる）あはい
江原　えーやっぱあいちゃんじゃん！
相葉　あーそうですー、えー相葉ですー
江原　えーすごい久しぶりだー、えーっ来てくれたんだ？
相葉　ええはいー！　えーご無沙汰してます～
江原　え～いつぶりだ。あ、そっかここでなんか映画撮ってた時に
相葉　そうですねだからもう……あれは2年半ぐらい前で

江原　そんな経（た）った？

岡　あ、知り合い……？

相葉　そう、知り合いの……（マスクを上げる）あのー……うん知り合い！

江原　江原です〜

相葉　そう江原さん（マスクを下げる）

江原　近所に住んでてここにはよく通ってんの。犬の散歩した後とか

岡　へぇえ

江原　ここではよく、さっちゃんって呼ばれてます

相葉　そうなのそうなの

江原　江原幸子なんで。あと「エバラ、ヤキニクのッ！タレッ！」って

相葉　ぷは

岡　ああ

江原　そう黄金のね、タレ（笑う）

相葉　（マスクを完全に取り）あーあとあの、左中間？

江原　うん？

相葉　西武のメヒアの、逆転した、9回の裏の！

江原　ん……

相葉　それでみんなから左中間（さちゅうかん）って

江原　それはね違う人だ、私野球に好きな人いないもん

相葉　えあれ、うそ

江原　それ幸村（さちむら）。左中間絶叫女、幸村でしょ？

相葉　わそっか、それは幸村さんだー

江原　そんなあだ名のやつと一緒にしないで〜？

相葉　あーすみません……

江原　それここで野球中継見てた時だ？

相葉　そうです

江原　懐かしい、じゃみんなまだいた時だ〜

相葉　そっか、あれは映画の時よりもっと前の

江原　わそうだー

相葉　ていうかマスターは？

江原　今ねいないの。え、今日はなんで来たー？

相葉　……あ……まぁちょっと、また撮影でここに

江原　あらまた？（岡を指し）こちらの人は

岡　あ、岡っていいます（マスクを顎まで下げる）

江原　ボイフレあちがうね今パートナーっていうか？

相葉　いやまぁなんというか監督で

江原　監督？

相葉　なんか注目の若手で、ドキュメンタリーとか撮ったりする
岡　すねぇ、そういうので
相葉　最近ね、賞にノミネートはされたけど受賞ならずで（笑う）
岡　わざわざ言うなよ……（笑う）
江原　えーすごいそうなんだそうなんだ……あそれで撮影

江原、ねこのフィギュアに目線がいく。
それを見て暫く考える。

江原　はー監督監督……え、これどうした？
相葉　（ねこに気づき）……あ
岡　これ……？

江原、相葉を見る。相葉、江原の視線に気づき、見る。

岡　え、あ……さっき、その、女性が持ってきて、奥から
江原　（岡を見て）……
岡　はい……そんで、絵本と交換して、置いてきました
江原　……素手で触ってた？
岡　ああ、そうです、ね
江原　……え帰ろうかな……ひー、わぁちょっと……
相葉　……

江原、そう言いながらバーのキッチンのほうへ。キッチンのところからヤカンやドリッパーなどのコーヒーを淹れる器具を取り出す。
岡、ねこを持ち観察する。

相葉　（ねこを持つ岡に対し）それ
江原　あいちゃんたち、コーヒー飲んでく？
相葉　……あー、いただき、ます
江原　監督さんは？
岡　ああ……じゃあお言葉に甘えつつ……
江原　ほーい

江原、コーヒーの準備をし始め、同時に羽瀬川仁に電話をかける。

相葉　それ（ねこ）……さっき言ってた、はっさんのフィギュア

岡　……（ねこを置きながら）言えや！　１００万回、だよ、だって？

相葉　そう、そうだった

岡　……獣（けもの）相手？

江原の電話がつながる。電話をしながらコーヒーを淹れていく。

江原　あー私私。（羽瀬川「どしたん」）え、寝起きでしょ。（羽瀬川「そ」）今コーヒー淹れてるけど来る？（羽瀬川「誰が？」）……私が。（羽瀬川「なんだよ」）来いよ。（羽瀬川「今……今って何時？」）もう夕方。（羽瀬川「そっか」）代わりにベムの散歩しといたよ（羽瀬川「サンキュー」）キリついた？

猫のフィギュアを見ている岡と相葉。

江原　（羽瀬川「全然やってない」）えー描けないの。（羽瀬川「もう分からん」）じゃ息抜きでさ。（羽瀬川「リラックスマンだよずっと」）うん、どうでもいいからおいで。（羽瀬川「夜、そっちで食べるか」）

岡　……これが展示されてた

相葉　……思い出しちゃった

岡　ほんとに？

相葉　これ。確かにこれだった

岡　……宮沢……え、でもこういうの見るの初めてだ目の前で

相葉　目の前以外はあんの？

江原、キッチンの小さめな冷蔵庫を開く。

江原　え、こっちになんかあった？（羽瀬川「なんか野菜いくつかあったはず」）消費しちゃう？（羽瀬川「いいよもう食べるの俺らしかいない」）まぁ腐らせちゃうよりいいね。（羽瀬川「そうそう」）じゃみんなで食べちゃうか。（羽瀬川「え……誰かいんの？」）お客さんっていうか、あいちゃんいるよ

岡　アニメのフィギュアにかけてる画像とかネットで

相葉　気持ち悪……

岡　でもこれ（ねこ）は……なんつーかなケモナーっていう……

相葉　なんでここに持ってきた？

岡　や知らない知らない。女性がなんか

相葉　誰それ

岡　なんか奥のほうから

相葉、江原の「あいちゃん」に反応する。

江原　（羽瀬川「あいちゃん？」）え、覚えてない、映画のほら。（羽瀬川「映画？」）出演者。ここ出身の、映画のロケした子。（羽瀬川「あー、あの子ね？」）そうそう。（羽瀬川「じゃー行きまーす」）ほーい

江原、電話を切る。

江原　あー、じゃあ、いっか

コーヒーの準備をやめ、鍋の準備をし始める。

江原　今もう一人来ることになったから

相葉　私知ってる方ですか？

江原　そう。このすぐ近く住んでるやつ

相葉　へぇー

江原　人が住めるか分かんない、せっまい所に寝泊りしてて

羽瀬川、プレハブ小屋からのそっと出てくる。

江原　小屋があって、そこをアトリエにしてんの

相葉　あ、絵描きの人？

江原　そうそう

相葉　モッタイさんと一緒に話してました

江原　……えー、そっかそっか

ブックカフェ入り口の戸が軽々しく開く。羽瀬川が登場。

羽瀬川　こんちわ……

江原　現われたな

羽瀬川　（相葉を見て）お。おお〜映画の、女優の

相葉　ああどうも〜

羽瀬川　ぺくちゃぺくちゃ（「どうもどうも」の意味）元気？

相葉　ああーぺくちゃぺくちゃ。西田さんこそ

羽瀬川　や（笑って）いや違う違う、羽瀬川

相葉　は、え？

羽瀬川　羽瀬川。羽瀬川になりました

相葉　……（江原を見て）え？

江原　や、私は西田のままのほうが全然いいと思うよ

羽瀬川　羽瀬川

江原　なんでそんな名前にしたかね……

相葉　ご結婚されたんですか？

羽瀬川　は〜？

相葉　婿（むこ）養子になったからとか

江原　はーっ！（笑う）

相葉　え？

羽瀬川　ええそうそうそう、婿になりました

江原　結婚なんてできるわけないでしょ、んなシャバ僧（ぞう）が

羽瀬川　（江原へ）ばーか

江原　（笑う）芸名なのアーチスト名、改名したの画家先生だから

羽瀬川　バカタレ、タレ

江原　しかもハセガワって漢字が、羽に、瀬戸内寂聴の瀬に、川だから！

岡　羽……あ、せ？

江原　（まだ笑っている）、羽に、瀬戸内寂聴の瀬に、川！

岡　あ、そういう

相葉　瀬だけ人だね
羽瀬川　タレてんなあ、タレは今日も……
江原　描けない絵描きなのそいつは才能あるけど！
羽瀬川　そこの黒マスクマンは？
岡　あ……どうも岡って言います（マスクを少し下げる）
羽瀬川　女優の男
相葉　いやいや
江原　その人は監督さんだって映画の
羽瀬川　ありゃ
岡　はい一応、ドキュメンタリー的なのを撮ったり
羽瀬川　えぇぇ
岡　はい全然ぺーぺーなんですけど
羽瀬川　えなんか……ジャケットで使う絵とか描こうか？
岡　ジャケット……
江原　急ぅ（笑う）
羽瀬川　ピカソもビジネスだろ
江原　懲りないねーほんと
羽瀬川　ちゃんとしてるよこっちは
江原　え〜
羽瀬川　だって監督だよ映画の〜
江原　どうだか（笑う）
羽瀬川　（岡へ）名前なんだっけ？
岡　（マスクを上げつつ）あー……岡です
羽瀬川　あー岡（マスクを指し）ね黒。黒いいね、黒！
岡　はい……
羽瀬川　岡二人目だよね
江原　は？
羽瀬川　前ここに来たおじじも岡つって
江原　誰だっけ
羽瀬川　だ、あれ、ここでここの名前の映画とった監督
江原　そっか
羽瀬川　そう
江原　そういえばそうか
岡　あ、多分それ……俺の父親でして
江原　そうなの？
岡　ここロケ地だった映画、はい、父親が監督してます
相葉　そうなんです
江原　あれって結構大きめな映画だよね？
羽瀬川　イオンの上でもう一回やってるんだとよ

江原　ならこの岡さんもすんごい人か

羽瀬川　途中飽きて席から光出してるスマホマンいたけどな（笑う）

江原　やめな〜近い人がいんだから（笑う）

相葉　ああ現実の光……（笑う）

江原　ほらそうやって変換してこそのアーチストでしょ

羽瀬川　タレは結局映画見てないだろ

江原　ちょっと。（笑う）これから観ようとしてますから

羽瀬川　そら、一番タチわりぃ

江原　やめてよ私の話は（笑う）

羽瀬川　そうだよ、いんだよもうタレと俺のトーキングは

江原　（岡へ）あ、じゃあ駿(はやお)と吾朗の関係だ？

岡　やそれ……

江原　あいちゃんは吾朗の映画にも引き続き出るんでしょ？

羽瀬川　そうなの？

江原　今日ここに撮影に来てんだって、二人で

相葉　ですね今日の監督は、息子のほうで

羽瀬川　名前吾郎なの？

岡　いや正樹です

羽瀬川　へぇ

岡　息子のほうで

羽瀬川　ここ人気だな

江原　ここぐらいだったよね〜コロナなのに都会から来る人たちオーケーしてたの。それでタイトルにしたんじゃないご厚意で（笑う）

羽瀬川　でもここ、女優のワンシーンしか映ってねーぞ？

江原　そうなんだ。（笑う）いいよいいよ久しぶり、この感じ！

江原、手を拭きながらカセットコンロを座敷のちゃぶ台に持っていく。

江原　これもうコーヒー淹れるより鍋だよこれは。あーあ、用意しちゃいました！　もうみんなで鍋です！　ほら、あいちゃんたちも

相葉　えーそんなそんな

羽瀬川　みんなで食うと染み渡る

江原　コーヒーは食後でどーでしょう？　ゴー、ゴー！

岡　えー……（ガラス戸から外を見る）

相葉　あれ今何時だっけ（時間を確認。16時45分）

岡　あー夕焼け

江原　日が落ちるの一瞬ですよ、ここは大都会と違って

相葉　5時前

岡　それでこれなの？

江原　まだ村上春樹の季節なの

羽瀬川、江原と入れ違いでキッチンの冷蔵庫へ向かう。

羽瀬川　（岡を見ずに岡へ）暗闇と一体化しちゃうよそんなマスクしてると……

岡、羽瀬川を嫌そうに見る。

江原、だし汁に具材をつけた鍋をカセットコンロに置く。

江原　ほれ！　ほれ！

相葉　えーじゃあいただこうかな

岡　おお

相葉　え、いい？

岡　ああ別に別に、むしろいい

羽瀬川　（冷蔵庫を開け）マスター、どぶろく隠してんじゃないのー？

羽瀬川、ペッドボトルに入った濁酒（どぶろく）やハートランドビールの瓶を冷蔵庫から取り出していく。

江原、キッチンの食器棚へ向かう。

江原　食器食器

羽瀬川　箸なかったぞここ

江原　あるよう

羽瀬川　枝でもいいだろ

江原　絶対先の連中が置いてってる

江原、食器棚から、使用済みの割り箸を見つける。

江原　ほら奥にあった

羽瀬川　あった？

江原　使い終わった割り箸たっくさん。使えます使えます
羽瀬川　加工木片か
江原　洗ってとっておいた模様
羽瀬川　それでよし
江原　使いましょう使いましょ
岡　（相葉へ）ここの人たち想像より強い
相葉　そうでしょ
岡　あれ簡単に開けた（戸を指し）フィジカルとか。（羽瀬川を指し）はっさんってあの人のこと？
相葉　や全然違う、ていうかマスターは

羽瀬川、食器棚に隠してあった須田のカメラを落としてしまう。

羽瀬川　なんか落ちた。壊れたか
江原　なになに〜
羽瀬川　知らん、食いもんが先頭

江原、食器を準備している。

江原　さあ。非常にエコロジーです
羽瀬川　（食器類を持って）黒。黒おお黒監督！　ね運ぶの手伝って
岡　え
相葉　呼んでる
岡　あ俺……

岡、羽瀬川が酒を運ぶのを手伝おうとする。

羽瀬川　そいや黒監督、黒監、黒監！
岡　（無理に笑い）はい、すませーん
江原　（笑う）なに、クロカンって
相葉　何か手伝いますよ？
江原　（笑う）クロスカントリーじゃないんだから
羽瀬川　（キッチンの奥を指し）奥にも酒ある
岡　（指した方向に向かい）え、こっちですか？

相葉、江原の食器を運ぶのを手伝おうとする。

江原　ううん、こっちいいからお酒お酒

相葉　はいはいっ

相葉、酒を運ぶ羽瀬川を手伝う。

羽瀬川　あー！　監督う、女優に運ばせちゃだめだよ黒監ー！

岡　あ、はい（早歩きで戻り、イライラ）はいは、げはーい

羽瀬川　（笑って）ハゲっつったろお前今な

岡　や言ってないっす……

岡、羽瀬川から酒を受けとりつつ、黒マスクを顎までずらす。

江原、バーのCDラジカセが置いてある場所へ向かう。

羽瀬川　お（岡の顔を見て）よーやく顔見えた

岡　は……

羽瀬川　（ニタニタ笑い）顔見せてくれた

ラジカセを再生させると、友部正人「一本道」の曲が流れる。

以下、ラジカセの曲は「一本道」がループしている。

江原　あ、あいちゃんコンロ火つけて

相葉　はーい

相葉、コンロに火をつける。

羽瀬川、ブックカフェのねこを見る。

羽瀬川　（ねこに近寄る）……（江原へ）おいーよ、タレっち

江原　はあい？

羽瀬川　なんでここにねこおる？

江原　知らん

羽瀬川　（ねこへ）……お迎えか？

羽瀬川、バーと座敷のエリアへ戻る。

戸を閉める。

シーン・5

バーと座敷にて。
4人で鍋を囲む。
ちゃぶ台には食器、酒類も置かれている。

江原　じゃあ乾杯しましょっか

羽瀬川　いざ

江原　鍋あったまるまで時間かかるし

相葉　（岡へ）あ、ほらどうせならお土産

岡　あ。そうですお土産

岡、またマスクして、ブックカフェに置いたお土産を持ってこようとする。

江原　あらそんなお気遣いなさらずー

岡、先ほど羽瀬川が閉めた戸を開ける。

羽瀬川　開いたり閉じたり……

岡、お土産をちゃぶ台の近くまで持ってくる。

江原　（戸が開いたままのことに対し）あー閉めて虫くるから

岡　あ、すみませ……

岡、お土産を持ちながら閉める。

羽瀬川　いいんだ虫も一緒に食べりゃ

江原　（岡が戸を閉めたことに対し）ありがとーう

岡　あ、いえ……。これ横浜のお土産でして

相葉　……（フリ）よ、それはなんだ！

岡　え
相葉　なんだ！　定番と定番を重ねて！
岡　（マスクを下げる）……真・崎陽剣！

岡、手を滑らせ、横浜ビールに合体させようとした崎陽軒をテーブルに落とす。

江原　あらあら
羽瀬川　おおなんだなんだ（笑う）
岡　あ!?

江原、岡の落とした崎陽軒を拾う。

羽瀬川　いきなり叫ぶマンか
江原　（崎陽軒を見て）あ、崎陽軒ね、ありがとね
相葉　さっきの、けんっていうのはつるぎ、らしくて
岡　ごほん（咳）、（マスクを上げる）やめろ
江原　あらら（少し笑う）
羽瀬川　怒ったら顔隠し
江原　（岡へ）え、もう一回やる？
岡　……違、やなんか、僕がうんこみたいなことをしてしまい……
江原　はは（横浜ビールを見て）あれこっちは？
岡　ああぜひ飲み比べに　常温でも美味しいので

羽瀬川、ハートランドのビール瓶を栓抜きで開ける。

羽瀬川　え？　なにそれビールだったの？
江原　え開けちゃってるし
羽瀬川　なんだよー
岡　あ、じゃあまた、はい。気が向いたらで横浜のほうは
江原　じゃあ私は飲もうかな……横浜ビールか
岡　それはぜひ

江原、他の種類のビールを見ている。

江原　ピルスナー……ね（笑う）
羽瀬川　はっ（笑う）

羽瀬川、岡にビールを注ごうとする。

羽瀬川　まぁまぁ、黒監からここは

岡　ああ、や全然そんな

羽瀬川　いやいや、いこいこ

岡　じゃあはいお言葉に……

羽瀬川、岡が差し出すグラスにビールを注いでいく。

注ぐ勢いが強いため、泡の上昇が早い。

泡が溢（あふ）れる。

岡　おお、お

岡、マスクをずらし、グラスに口をつける。間に合わず、泡が垂れる。

羽瀬川　ああ

岡　うわちょっと！

江原　あーあーあー

相葉　なんかで拭く？

岡　や、俺の服に溢れただけだから

相葉　大丈夫？

岡　うんこれぐらいなら

羽瀬川　マスクなかったら間に合ってたなこら。無駄な動き出たろ？

岡　……

岡、マスクを引きちぎるようにとる。

羽瀬川　その俊敏な動き（頷く）

岡　……

江原、先ほどから引き続き6種のビールを確認している。

江原　（ラベルの印字を見て）「道志（どうし）の湧水仕込（ゆうすいじこみ）」……かぁ
あー（など）

羽瀬川、相葉のほうへビールを向け、相葉のグラスに注ぐ。

羽瀬川　はい
相葉　ああ、どうも
羽瀬川　えワクチン打った？　女優は
相葉　あー2回打って止まっちゃって
羽瀬川　打ったの？
相葉　はい
羽瀬川　もう打たんでいい。え、監督は？
岡　……5回す
羽瀬川　もう打たんでいい
岡　打てないです
羽瀬川　すべてのワクチンなんて1個も打たんでいい
岡　1個も？
羽瀬川　1個も

相葉、羽瀬川のコップにビールを注ぐ。

江原　（中日の元応援歌「サウスポー」の節回しで）お前が打たなきゃ誰が打つ～
羽瀬川　中日の応援歌？（笑う）
江原　あたしゃ野球中継とCMだけ見て育ちましたから（笑う）
羽瀬川　あとあれ、マスクもいらない
相葉　マスクも
羽瀬川　そ。学芸員かなんかやってるやつから美術館行くならマスク必要とか言われて、ポンと箱でもらったけど、いらねえつって、脇汗吸収させるのとかに使ってから
岡　はあ？
羽瀬川　（江原へ）マスクって意外に脇にもフィットすんだよな？
江原　知らんけど
羽瀬川　あれなん、マスターもいってたけど、人間っていうのは見えないものを見ようとする習性がある
江原　あれでしょ？　バンチキの
羽瀬川　俺の好きなバンドマン関係無し。だから隠されると無理矢理見たがる獣よ。なのにマスクとか配ってな？
岡　は
羽瀬川　とにかく俺はね、もう国に一切頼らん。（岡へ）

お前、早く飲みたいだろ（笑う）

江原、選んだ横浜ビールを自分でグラスに注いでいる。

江原　でも今お前って言っちゃいけないんだよね〜選手とか人のこと
羽瀬川　やだやだ……
江原　私なんて、「タレ」なんて呼ばれてんだよ（笑う）
羽瀬川　体力バカとか地元の星とかな
江原　そ、学生まで陸上やってたから
羽瀬川　それで黄金のタレなんだから
江原　ねー。（相葉へ）変わんないんだよね、ここはねー
相葉　あー
羽瀬川　ここはあれだ、オープンワールドだ
岡　や意味違うっすね
羽瀬川　お、いいね監督！　じゃ、かんぱーい！

全員で乾杯する。それぞれ酒を飲む。

羽瀬川　きゅああ……目覚めた
江原　うん。これはなかなか
岡　あよかった

以下、酒を飲みながらのやりとり。

羽瀬川　あれ、監督はさ、なんで監督？　親からの流れ？
岡　や全然……もともと映画そんなに観てませんでしたし
相葉　この人の経歴ちょっとオモロなんです
江原　へぇー
岡　や……コロナになるまで、普通にブラブラしてて、美大行って絵とかも描いてたし
羽瀬川　ええ描いてたの？
岡　はい
羽瀬川　裕福美大マンね
岡　……倍率も……学費も低い、そういうとこの美大、生で。で「ハートランド」の、ここじゃなくて、父親が監督した、映画の
江原　ていうかなんで、お父さん映画の名前ここにしたの？

岡　や、本当に……なんとなく、ハートランドビールみたいに、変わることのないラベル、みたいなことなのかと……

羽瀬川　キリンにゴマスリだ

岡　ええ別に……

江原　それで？

岡　あ、普通に親の映画とか全然観てもアレなんですけど、試写会とかも別に。でもなんか公開初日に観にいってみっか、てなって

江原　うん

岡　でそしたら、隣の席に偶然いたんですよ男の、映画泥棒が

江原　ん？　うん

岡　カメラ回してて。でなんか、父親の映画とかどうでもいいんだけど、なんか犯罪を、芸術を盗もうとしてる行為が許せなくて、でその場で、なに撮ってんだーって

羽瀬川　（笑う）で返り討ち？

岡　で捕まえたんだよ……（羽瀬川へ）捕まえたんだよ？

羽瀬川　うぃ（笑う）

岡　で、その人を警察に渡して。そしたらその人、海賊版を作る常習犯だったみたいで。で、その後に、映画にも興味をもって監督になって、てー

羽瀬川　で最近、賞にノミネートぐらいはされてて、受賞はしてないすけど。次こそはーみたいな

相葉　こういう経歴なかなかないですから

羽瀬川　で、なんで映画監督になったの？

江原　ちょっと。（笑う）今話したでしょうが

岡　それで、父親の現場ちょくちょく入って、相葉さんと出会って

江原　はぁーん

相葉　それでね短編とか一緒に作ったり、今日もここで

江原　あれ今日キャメラマンは？

羽瀬川　カメラマンな

岡　あ完全に僕と相葉さんの二人だけです

江原　へぇー

岡　この作品はアイフォンだけでいこうと

羽瀬川　かまぼこ板で映画ぁ？

江原　ああ、ミニマムなのが昨今のねー

羽瀬川　あーあえてね

江原　（岡へ）今もスマホで撮っちゃったら？（羽瀬川を示し）絶対面白いから（笑う）

岡　や、そういうのとは、またちょっと……

　羽瀬川、長座体前屈を始める。

羽瀬川　はー、存在がガラパゴスですよ俺なんて……

江原　ちょっと折りたためてない、折りたためてません（笑う）

羽瀬川　修理に出しません（笑う）

江原　ほら面白い（ツボにハマり、笑う）

岡　……（相葉へ）あ

相葉　……（岡を見る）

岡　え内容伝えていい？

相葉　ん、まぁ全然

岡　……うん。不倫相手だったんですよ、相葉さんって。父の

江原　……はあ

岡　でまぁ……僕もそれを知ったのは相葉さんと知り合った後で。どうして父と不倫関係だったのかっていうのを息子が探ってくドキュメンタリーを撮ろうとしてます

江原　……え、あいちゃん、もそれは当然

相葉　ああ承知してます

江原　いや承知とかではなく……

羽瀬川　それ本人そのまま……？

岡　はい

羽瀬川　……やべーやつだなお前

江原　（相葉へ）でもそれ、本人として出ちゃうの？

相葉　そうですね、はい

江原　いろいろ問題なるって……

相葉　息子さんが監督してるのもあるし……そういうテーマ性を帯びて

江原　いやいやいや……わかんない……怖い

岡　（相葉へ笑い）……ちょっと、受け入れてくれなかったんだけど

相葉　（岡へ）……やっぱちょっと（笑う）

岡　（相葉へ）あれそういう、受け入れてくれる感じゃなく
相葉　だからうん……ね……
岡　あー……

岡、酒を多めに飲む。

岡　っていうのを作品にしようとしてます
江原　……うん？
岡　あだから……本当は全然、不倫とかしてなくて「父の愛人でした」っていうフェイクのドキュメンタリー、モキュメンタリーっていうんですが、本物っぽく撮ろうとしてます
相葉　……そう本物っぽく
江原　え不倫は……
相葉　あしてないです、してたら岡くんと一緒に仕事できません
江原　え……なに？
岡　あ……息子がその、映画界に居座る父という特権を、問うようなものを映画で作るっていう
江原　え、嘘なの？　あいちゃんのその、不倫も？
相葉　……あはい。そういう役として出演してるだけで
羽瀬川　どの道やべーやつだ
岡　今ちょっと変な空気になったから正直に言おうって
江原　あ〜……きっと生きててそういう刺激が欲しいんだ
羽瀬川　俗世マン参上
江原　好きだねえ〜アーチストはそういうの！（笑う）
岡　俳優の安全を担保したままクリエイションします
羽瀬川　センスよさげなものに隠される世の中よ……
江原　こっちは本物のめちゃくちゃだったけどね
羽瀬川　女優はあれだな、今までどういう人好きだった？
相葉　えー
羽瀬川　やっぱアート系か？　俺はどうだ？
相葉　えー怖い（笑う）
江原　いやいや……『6デイズ／7ナイツ』になって

も無理

岡　あ、ハリソン・フォード

羽瀬川　算数わからん

江原　野球中継の後にやってたの吊り橋効果の映画（笑う）、（岡を指し）オタクちゃんが今反応してたでしょ？

岡　……

相葉　え、それこそ私江原さんに話しましたよモッタイさんいいかもって（笑う）

間。

相葉　あれ……え？　ていうか江原さんって、モッタイさんだけじゃなくて、はっさんとも同級生でした……よね？　ねこのはっさんとアニメのモッタイさん

江原　……待ってそれ、誰から聞いた？

相葉　え？　いや……確かはっさんと話したとき……あ、私なんか今

宿泊部屋からスタジオを通って、バーの戸をユアンが開ける。

それに気づいた鍋を囲む全員が静まりかえる。

ユアン、目を合わせず、バーからトイレへ続く廊下へ向かう。

江原、ユアンが完全に離れるまで耳を澄まし、離れたことを確認。

江原　でました。ユアンちゃんです

小さく笑う江原。それにつられて小さく笑う羽瀬川。

羽瀬川　でました……

江原　でましたね（笑っている）……はぁーっ、でましたよ

岡　……

江原　あれ、さっきのねこ、あいつの

羽瀬川　おお

江原　あの子が持ってきたらしいよ、本のところに

羽瀬川　……え？

江原　(笑って) わかんない。触ってたって

相葉　あれ、今の人、私たぶん会ったこと……

江原　ユアンちゃんここきたの、映画の後

相葉　あー

岡　……あの方、ユアンさんって言うんすか？

江原　そう

岡　海外の？

江原　台湾から来たって。本当か知らないけど

羽瀬川　あの子もなー……とんでもないから

江原　ここの常連も駆け込んだ人も全員、みーんな、あの子のこと好きになっちゃって (笑う)

岡　え……

江原　あの子の色仕掛けで……俗、俗まみれ。でみんなブラザーになって、ばつ悪くなって、ここ出てっちゃってさ。俗世を捨てて来たのに海外女一人でここが俗世になりましたとさ、おしまい！

岡　あ、でもなんかさっき……

江原　あったでしょ？

岡　(手を振られたのを思い出し) や確かになんかそういう……

江原　はやいんだよ〜目をつけるのが……

相葉　そうなの？

岡　言われてみれば

江原　やってくんだよ超スピードで

羽瀬川　そんなにか？

江原　みーんな馬鹿、自分の下半身にも振り回されてんだよ (笑う)

羽瀬川　はえーなー、そういう話すんの

江原　やこの子たち (相葉と岡) もさっきそんな話したでしょうよ。(笑う) いやでも分かる。私も飼ってた猫がさ、去勢したのに腰振りはしだしちゃって。あんな可愛い生き物にもそれが残るのって、やーいやだね〜

岡　え……ユアンさんはなんでここに

江原　ほら気になってんだ (笑う)

羽瀬川　監督スカウトはやいよー！(岡の肩を叩く)

岡　……

江原　あの子はなんだか、日本の……なんかゲームとかパソコンを学びに来たらしくて。それもオタク

ちゃんを釣る罠だと思うけど

相葉　へぇえ

江原　でもお金全然無くなったから駆け込んできて(笑う)

羽瀬川　コロナマンの影響もあってな

江原　(羽瀬川)あれ分かったよ?

羽瀬川　ん?

江原　あの子のスマホ300台はあった

羽瀬川　……そんなにかあ

江原　そんなにあったよ、バッグにぎゅうぎゅうで

岡　300台?

江原　ドコモショップかってぐらい異様に持ってて

相葉　ええそんなに?

江原　そうだ、きっとあれさ、台湾のあれあったじゃない、ポケモンのさ、代わりに捕まえるみたいな、おじさんが自転車のハンドルにバー!　てたくさんつけてバイトしてる

相葉　ポケモンゴー

江原　そう、それやってる最中に盗んで日本まで逃げてきた、うん、それかあっちの男300人ひっかけて(笑う)その分かっぱらって

相葉　(ユアンに気がつき)……ええそんな持ってどうすん……だろ

江原　楽しんでんじゃない?　売らないんだから売ったらバレて逮捕か。(笑う)それなら国に帰れるけど

相葉　(岡へ、ごまかすように)えあなたの国どこだっけー?

トイレから続く廊下を通って、ユアンが戻っていた。全員が気づいて、静まり返る。ユアン、スタジオのほうへ向かう。

江原　……あれ(ユアンへ)トイレ行ってた?

ユアン　はい

江原　そっか……電球切れてなかったっけ

ユアン　分かりません暗いましました

江原　……もう寝る?

ユアン　まだ起きてます

江原　そっかそっか……じゃあまた

ユアン　はい

　ユアン、戸を閉じてスタジオへ向かう。

江原　……ふ（少し笑う）

相葉　……でも、日本語は普通に

江原　そうなのよ、でもわざとね、思わせぶり〜な言葉遣いで

岡　……おー

江原　あー、あれ（ねこ）持ってって貰えばよかった

羽瀬川　ああ

江原　なんで置いた（笑う）

羽瀬川　……

江原　あーやだ……ほんとおかしくなって……

羽瀬川　電球って、この前変えたばっかだろ

江原　切れたよ、また最近

羽瀬川　なんで

江原　すーさんがよくつけっぱにして

羽瀬川　あいつ……（笑う）

江原　便所が居場所みたいな時期あったから（笑う）

羽瀬川　あれだ（ARゴーグルを被るような動き）あれつけて

江原　そう。苦労人だからあんま言わないようにしてたけど

羽瀬川　（相葉へ）あ知らないか

相葉　え、すー？

羽瀬川　半年ぐらい前に駆け込んできた須田っていう、おじじ2（ツー）

岡　……須田？

江原　そ。ユアンの後に

　岡、酒のペースが早い。

　ユアン、スタジオにある旧型VRの起動等の準備をする。

シーン・6

スタジオにいるユアンのところへ、宿泊部屋から須田が来る。

江原　その須田のすーさんもパソコンとかああいうのが好きみたいでさ、んであれつけてたの、ゴーグル……あれ、ARっていう

岡　ええ、AR?

羽瀬川　須田のオジジはきっとそれでエロみてんだよ

岡　ええー

羽瀬川　AVRを、トイレ籠（こ）もってさ

江原　そういうオタクなものの話題で二人ずっと盛り上がっててさ

岡　ここARやる人いるんすか

相葉　えー意外

江原　それもだけどあれ、名前があれ……さっきのなんとかワールドじゃなくて、……タ、バー、バータ……

羽瀬川　てかね、すだっちは人を舐（な）めてる

江原　ちょっと待って、もう少しで思い出しそうだから……バー、メ……（気が散る）うん。ていうかごめんね、さっきからずっと友部がループしてる。もう気になってしょうがない

須田、ARゴーグルを持っている。

須田　（人差し指）シー……今あっちカメラ回してる（笑う）

須田、ユアンへARゴーグルを示す。
以下、須田とユアンは小声。

須田　これ、やっぱ明日の6時みたい、アップデート

ユアン　そうですか

須田　全部消えちゃうか……？

ユアン　そうですねあの内容だと

須田　これどうしてもアーカイブ残せないの？

ユアン　できない。スクショも

須田　……や、保存できないか？　……（スタジオにある旧型のVRセットとパソコンに対し）それ旧型なのに頑張るね。（笑う）あ、今日ライブ？

ユアン　はい

須田、ARゴーグルを被る。

江原、ラジカセから流れる「一本道」を止める。

ユアン、VRセットのVRゴーグルを被り、VRコントローラーを持ち、セットアップを始める。

須田、ARゴーグルの世界を覗き、隅々まで探すように歩いていく。

時おりユアンに話しかける。

羽瀬川　あそうだったか

江原　ずっと言おうと思ってたんだけど

岡　メタバース？

須田　あれ、どのあたりだっけ？

ユアン　覚えてるのは角のほうでした

須田　そっかそっか！

江原　そう、それ！　言われた〜。その胡散臭いの。それがああだのこうだのオタクちゃん同士盛り上がって

ラジカセから、ジプシー・キングス「ジョビ・ジョバ」が流れる。

須田　（曲がバーから聞こえる）……お

須田、気分良く曲に合わせ、シャドーボクシングをしながら踊る。

ユアン、その踊りを見つつ笑う。

羽瀬川　それ流すなよ

江原　ジィプスィーキィングス。（笑う）すーさん、ズ、ソウルバンド

羽瀬川　流すな

江原　私もこの人ら好きよ〜ビールのCMで知って

羽瀬川　CMに使われてんのも腹立つ

江原　そだ、すーさんもこれ好きすぎで西田にさ（笑う）

羽瀬川　はせがわ

江原　元西田にさ、CDのジャケットのイラスト描いてって頼んできたの。（笑う）ダビングされたCDなのに、自分がジプシーになったイラスト描いてって

羽瀬川　「アミィゴ……」みてえな顔描かせてきてな

江原　で描いたんだけど、そのお礼が無かったのよ（笑う）

羽瀬川　趣味でやってんのかと思ってんのかね……こっちは都内で展示決まってんだぞ

江原　もう聞いてやってよその話（笑う）

ユアン、VRのセッティングが終わり、須田に合わせて踊るなどしている。
ユアンの動きに連動しキャラがウェブ上の配信テストページに写る。

須田　（スマホを見て）うん、テストいい感じで配信できてるね

羽瀬川、ポケットから公募展のチラシを取り出して見せる。

羽瀬川　都の公募展に入賞だよ

相葉　えーすごい

羽瀬川　（岡へ）すげーだろノミネートマン

江原　ちょっとそれは言い過ぎ（笑う）

羽瀬川　ノミネートマン（笑う）

江原　私はもう友部ぐらい聞かされました〜♪

相葉　えー、めっちゃ都立の美術館

羽瀬川　もう全部ね、運搬費とか出すのが向こうだから

相葉　ずいぶん国から手厚く

羽瀬川　これは頼る

岡　や……その須田さんってどういう人すか……？

羽瀬川　不届きもんだよ

江原　すーさん気分いい時は絶対ジプシー流しててさ、そういう時に限ってユアンちゃんとイチャイチャしてんの（笑う）

羽瀬川　エロジジイ登場曲？（笑う）

江原　あんたの犬とも散歩してるときイチャイチャしてるよ

羽瀬川　ベム狙われてんのか（笑う）

江原　しょっちゅう話しかけてる「お前も寂しいよなあ」って

羽瀬川　まぁ俺は放任主義だからな

江原　放置でしょうよ（笑）

羽瀬川　いんだよベムんことは

江原　だから、すーの抱えてるもんはビゲストなのよ……

羽瀬川　すーのトーキングおわり

岡　下の名前なんですか……須田……

江原　知らなーい、ユアンガールに聞いたら？

岡　……ジャケット見せてもらっていいですか？

羽瀬川　やだよ（岡へチラシを渡し）監督はこちらを観て学べ？

岡、チラシを受け取りつつちゃぶ台に置き、酒のペースを上げる。

江原　あ、あっちでお互いの名前呼び合って盛り上がってた時あったよね、すーさん泣きながら（スタジオを指し）二人でゴーグル被って遊んでてさ（笑う）声こっちまで漏れてて

岡　それどういう……

岡、ペットボトルに入った濁酒を見て、自分のグラスに入れる。

江原　オタク同士そういう、おもちゃ使わないとお話できないんじゃない？「大事な話だ、ここでもダメなんだ」「本気でもう、見つからない」とか泣き言いってて、メタなんとかバースで！　でユアン、「そんなことない」「わたしもどうにかしたい」とか答えて。（笑う）感動的な雰囲気になってるのに、機械から「光るメッセージアイテムを拾いました」とか何度も聞こえんの！　大事な話してんのに光るメッセージアイテム拾ってんじゃねぇよ（笑う）

須田、また踊り出し、それに答えるようユアンも踊る。

須田　あ……

須田、ARでアイテムを見つける。

ユアン　ありましたか
須田　あった（アイテムを確認し）モッタイさんのだ

それを拾うとARゴーグルから「光るメッセージアイテムを拾いました」という音声が響く。

バーにいる人たちが、スタジオから聞こえた音声に気づく。
同時に、ほろ酔い状態の岡、濁酒をぐいっと呑んで咽せる。

岡　（咽せる）げぇゔっ！

バーにいる人たちの注目が岡に集まる。
スタジオの須田、焦ってARゴーグルを外し、側面についている音量ボタンを下げる。

羽瀬川　あー濁酒、お前！
岡　ゔえ！（咽せる）あっつ……（咽せる）めぢぇや濃い……

岡、追加でもう一口飲む。

江原　そんな飲んで大丈夫？

羽瀬川　あーもったいない、飲むなよもー

岡　……（イライラ）ああ、すみません……でも
なんか、あなたらだけ話してばっかで。（笑う）
人のことバカにするしかしねー話題で

羽瀬川　なら君も話したいこと話せ

岡　あ冗談すよ今の

羽瀬川　ああそう？

岡　そっち楽しいならいーす

羽瀬川　うん

岡　どうぞ自分が楽しんで

羽瀬川　いい感じで若人（わこうど）してんな

岡　……

須田、ユアンに視線を送る。

須田　ごめん……バレたかな

ユアン　平気かと

須田　……バレてないか……

須田、バーへの戸を少し開き、様子を見る。

須田　（岡を見て）……いた。……息子のほう……は（笑う）

ユアン　……

須田　……やっぱり、保存できるかパソコンで調べてくるから

須田、宿泊部屋へ向かう。

ユアン、須田が去った後、ヘッドセットとコントローラーを外し、電源を切る。
スマホを床に丁寧に並べていく。
羽瀬川、グラスが空になっている。
岡、グラスに横浜ビールを入れようとする。
羽瀬川、自分でハートランドビールを入れる。

岡　ねぇ横浜ビール飲まない、飲めないっすか？

羽瀬川　しつこいなあ……（笑う）

岡、横浜ビールの瓶をちゃぶ台に置いたチラシの上に置く。

羽瀬川　……はあ？

岡　いや飛ばないようにしただけ

羽瀬川、鍋の火が止まっていることに気がつく。

羽瀬川　……ていうか火止まってんな

江原　うそ？

羽瀬川、何度か火をつけようとするが、つかない。

羽瀬川　もうこれガスないのか

江原　ちょっと待って

江原、ガス缶を取り出して高速で振る。

セットするが、つかない。

江原　だめかー。えー、余ってるのあるかしら。ガースガスガスガス、ココナ〜ッツ

江原、立ち上がってキッチンのほうへ向かう。

岡　あー代わりに崎陽軒食べます？

羽瀬川　俺はいいや、鍋がいい

岡　あ、いやみんなに。……え、美味しいですよ崎陽軒

羽瀬川　いいものはいいんだって

岡　だからみんなに。（羽瀬川へ）……あ、お土産食わないマン？

羽瀬川　んーそういうんじゃないなぁ？

岡　ああそう、じゃないすか……え、ていうか、崎陽軒に入ってる割り箸使いません？

羽瀬川　立派な箸があるだろう

岡　こんな箸使いたくねえよ！　染み込んでんだろ、前のが！

羽瀬川　おおー

江原　（相葉へ）酔いやすい、彼？

相葉　やそんなには……

岡　……わかんねぇんだ、マジでこいつら

岡、さらに濁酒を飲む。
江原、キッチンのほうでガス缶を探している。

岡　ごほっ（咽せる）……えぐいえぐい、えぐい！

羽瀬川　ほら咽せた、もう中止

岡　……（真似をするように）そういうんじゃないなぁ？　はは（笑う）

羽瀬川、首を傾げる。
岡、それに対し、より無理やり笑う。

相葉　ちょっと外の空気吸ってきたら？

江原　うん、それがいいかも

岡　うん、こんな……離れたいですね確かに……うんこだわ。（相葉へ）え、やっぱ帰らない？

相葉　（時計を確認し、22時過ぎ）……え、もうこんな時間？

羽瀬川　あっという間だろここにいると

江原のガラケーに幸村から電話がかかってくる。

江原　……（ラジカセに）ちょっとアミーゴうるさい

江原、ラジカセの曲を止める。
幸村からの着信だと分かり、考える。

江原　これ……ついでに私、庭のゴミ捨て場探してくる

羽瀬川　おー

江原　少し寝かせたガスは振れば復活しますので。（電話に出て）あ、もしもし左中間？（幸村「ははは！もしもし？」）はい、左中間？（幸村「よくそれ覚えてるね」）覚えてるよ幸村左中間〜。（幸村「さすが地元の星」）ねぇその地元の星ってもうやめてよー

江原、電話しながら裏庭へ行く。

岡、立ち上がり、裏庭のほうへ向かう。

岡　（振り返り、タバコを吸うしぐさ）……ここ吸える？

羽瀬川　吸えるよー

岡　意外に吸わないんだあんたら

羽瀬川　今日そういう日だから

岡　……どの日もねぇだろ

羽瀬川　おっぱい吸いたくなった？

岡　きえろゴミカス

岡、裏庭に行こうとキッチンのほうへ。

岡　（江原を見て）あーこっちもおしゃべりでうっせえか

岡、引き返すと、落ちているカメラを気づかず蹴っ飛ばす。

岡　んぁんだこれ？（カメラを拾い）……は、命より大切にしろ……

カメラをキッチンに置き、出入り口の戸へ。開かず、手こずる。

それを見かねた羽瀬川が立ち上がり、岡のところへ向かう。

羽瀬川　これコツがあんの

相葉　（それを聞き、入り口を見る）……へぇー

羽瀬川、引き戸の敷居に爪先をつけ、爪先立ちをする。

相葉、立ち上がって近づき、様子を見ている。

羽瀬川　これで一回、爪先まで意識……敷居を弛ませて、（足を）ハの字！

踵（かかと）をつけると同時に軽々と開く。

羽瀬川　で、こう

相葉　おー……前からこんなコツありました？

羽瀬川　いや最近みんな摑んだ

羽瀬川、外に出て閉める。

羽瀬川　（戸越しに岡へ）やってみ。心も開いてさ

岡　……

岡、羽瀬川の真似をするが、できない。

羽瀬川　違う違う

羽瀬川、戸を開け、中へ入る。コツの動作を行ない、戸を開ける。

羽瀬川　こうこう

羽瀬川、戸を閉める。
岡、やるができない。

羽瀬川　力んでる力んでる

岡　……

羽瀬川　これ慣れてくると流れでいけるようになるから

羽瀬川、そう言いながら戸を開けて、外に出て閉める。

羽瀬川　声に出してやってみ。それだけでも変わる

岡　……心も開いて

羽瀬川　爪先までのほう

岡　……爪先まで意識

羽瀬川　正直心はそんな関係ない

岡、やってみると微かに開く。

岡　あ

羽瀬川　そうそう、踵おろしてー……

だが途中で重くなる。

岡　あっ……（重い）あーっ……（開かない）

羽瀬川、戸を開ける。

羽瀬川　右足の重心かな

岡　わかんねえよ……

羽瀬川　竹踏みとかやるといいよ

岡　わかんねえ……

岡、羽瀬川とともに外に出る。

相葉、岡の背中を見た後、一人飲みながらバーを見て回る。

羽瀬川　……どうせなら俺のアトリエ来る？

岡　あ？

羽瀬川　二人だと、俺、人を馬鹿にせず話せるから。さっき、ごめん

岡　……え、はい

岡、羽瀬川に連れられアトリエへ向かう。

羽瀬川　ああいう、パスワードではない扉が世界に必要だと思う

岡　……

羽瀬川　世界中のコンビニもあれと変われ

岡　はあ

羽瀬川　開けられない人がいたら開けられる人が付き添える世の中……誰もが、その入り口を知ることから

岡　はー……

羽瀬川　さっき、ほんと、ごめん。（土下座する）本当にごめんなさい

岡　いやほんとに二人になったら……

羽瀬川　みんなにウケてると思ってたら、自分だけだった……

岡　反省はや

羽瀬川　ノミネートマンとか言ってごめん……俺ルサンチマンなんだよ

岡　そのマンて

アトリエ前に到着する羽瀬川と岡。

羽瀬川　ここ。ちょっと狭いんだけど
岡　（郵便ポストかと思うほど小さい入り口に対し）……入れるかな俺
羽瀬川　俺入れるから。あ、吸うのは中でいいよ

羽瀬川、入ろうとするが止まる。

羽瀬川　あとちょっと今作り途中の作品があって、それは作り途中だから
岡　はぁ
羽瀬川　そう
岡　えどんな作品すか
羽瀬川　……俺今、日雇いやってて
岡　はい
羽瀬川　不定期でいろんな現場の、その、日本の日雇い労働で体験したことを作品にしてる
岡　へー面白そう
羽瀬川　ひたすら新聞を細かくする仕事とか
岡　それどんな仕事すか？
羽瀬川　あとでっかい人気のコンサートの撤去で、上のやつから「殺すぞバイトくん」とか暴力当たり前だけどミュージシャンは「誰もが生きよう」とか歌ってた体験、絵にしたり
岡　やな体験……
羽瀬川　それ以来売れてるやつら嫌いなんだ
岡　でもバンプ（・オブ・チキン）好きなんでしょ？
羽瀬川　……まぁ入って。仲良くしよう

羽瀬川と岡、アトリエへ入っていく。

羽瀬川　作り途中だから
岡　恥ずかしいんすか？
羽瀬川　恥ずかしいんだ。ごめん
岡　全然違うなマジで……あ、さっきの須田さんってどういう漢字の
羽瀬川　（遮る）え何年生まれ？　近いよね世代的に（など言いつつ、アトリエに入りきる）

シーン・7

バーと座敷を見回っていた相葉、スタジオのほうを見る。

相葉　……

スタジオの戸を開ける。
そこにはユアンが大量のスマホを並べている。

相葉　こんばんは……すごい量ですね

相葉、床に置かれているスマホを眺める。

相葉　どうしたんですか、これ

ユアン　……

相葉　（返事がないことに、頷く、など）……うん

ユアン　全部持ち主から預かったものです

相葉　（少し笑い）……不思議

相葉、しゃがんでスマホの一つを拾う。
ユアン、相葉のほうを見る。
相葉、スマホを置き、他のスマホや、スタジオ全体を見る。
相葉、立ち上がり、スタジオに併設されているギャラリーを見る。
ねこがもともと設置されていたところを指差し。

相葉　ねこ、ここにいましたよね？

須田、宿泊部屋からARゴーグルを持って来る。

須田　（相葉に気がつき）あっ

相葉　？　あ、えっと……

須田　あーどうもーっ
相葉　はーいー……
須田　あのー、メールありがとうございました
相葉　メール……？
須田　今日お越しになると。監督には僕のこと秘密で
相葉　……え、メールはマスターに
須田　あ、マスター代理でーす

江原、空のガス缶を振りながら戻ってくる。

江原　何をしていたんだ私は……キッチンを使えばいいじゃないか……

江原、空のガス缶をキッチンに置く。
ちゃぶ台にある鍋を持ち、キッチンのコンロへ運ぶ。
火をつける。

江原　（イライラ）キッチンを使えばいいじゃないか
……

無意識で空のガス缶を高速で振る。

江原　……違う！（気づき、振る手を片方の手で抑える）
……分離してる！

須田、スタジオから顔を覗かせる。

須田　さっちゃん
江原　え、すーさん、いたの今日
須田　さっき俺の話してたでしょ？
江原　え～
須田　ずっといたよここに～、俺のソウルも流してきてさー！
江原　えーそうだったんだー……

須田、キッチンに置かれたカメラに気づく。

須田　……あれ。あれ？　え、これどうした？
江原　それなに、すーさんの？
須田　（カメラを確認し）……あ、いきてる

相葉　あ……良かったさっき、蹴っ飛ばしちゃってたから

須田　蹴っ飛ばした？

相葉　あはい、岡、っていうか監督が。で命より大切、って言って

須田　……命……ほー。その監督今どこ？　外か？　絵描きのとこ？

相葉　あー外には、はい

須田　そっか……俺も外行ってくる

　須田、カメラを持ったまま、ＡＲゴーグルをスタジオに置く。

須田　ユアンちゃん、今起動してるアプリなら、モッタイさんのアイテム保存できるみたい

相葉　モッタイ？

須田　ん？　うん

ユアン　じゃあ残します

須田　ありがと

　ユアン、須田のＡＲゴーグルを着ける。
　スタジオの角のほうを見つめながら、操作する。

相葉　モッタイさん、映像作家のですか？

須田　お、そうだよ

　須田、戸の前で独特な動きをして開けて、アトリエへ向かう。
　そのままアトリエのドアに耳を近づける。

相葉　今、開け方がまた

江原　人によってやり方がね

　江原、酒を飲みながら、コンロの火を見つめ。

江原　あ、さっきの電話。左中間がさ

相葉　はい

江原　ハートランドの映画観たって、アンコール上映で

相葉　えー嬉しい

江原　旦那と子供連れて

相葉　あらそれは

江原　3歳には映画館自体早いだろバカタレが。（笑う）子供の話ばっか話して……あー二度と連絡してくんな〜、俗世〜（笑う）

相葉　はは

江原　（間）さっきの、すーさん、前まで警察のお世話になってたらしいよ。危ない仕事してたから。日本と海外よく行き来してたって

相葉　へええ……

ユアン、パソコンを操作し、ハートランド内の過去の動画を漁る。

江原　中国にいたらしくて

相葉　中国？

江原　日本で工学系の教師やってたけど、奥さんがうつになる直前に、息子さんできて、子育てで奥さんの地元、中国に移ったって

相葉　……ここ海外から来る人多いんですか？

江原　コロナから増えたね。逃げ出した技能実習生とか国に帰れない子とか、事件起こっても家族も遺族もいない加害者とか被害者とかなんとか。すーさんは息子探してここまで来て。行方不明だって

相葉　えぇ

江原　すーさんの奥さんがうつで亡くなって、そのあと日本で警察のお世話になってる間に、失踪した息子さんここに駆け込んで来てたらしいけど。一時期いろんな人わんさか来すぎて、私は名前とか顔とか全然覚えてない。ていうか常連しか興味ないから

相葉　それ、え……映画のハートランドと……なんか内容似てません？

江原　そうなの？

相葉　……あネタバレすると、海外で、家族のためにお金稼ぎする犯罪者の父、みたいな展開で。最後、奥さんが……自分から亡くなっちゃって……で、父と息子はどうする？　みたいなラストで

江原　あー似てるかも。観なくていっか……あー、いや観るけどね？　……やっぱり結婚すんのも考えもんだね

ユアン、パソコンを操作し、プロジェクターでモッタイの映像作品『itchy』を流す。アニメーション映像がループしている。江原、コンロを確認し、

江原　あらー……また火止まってる

江原、ユアンの行ないに気がつく。

江原　……

相葉　あ、それとモッタイさんって

江原　おかしいほんとに……あれ、その人の遺作だけど

相葉　え

江原、ユアンのほうへ近づく。

江原　ちょっとさあ、そういうこと普通しないよ。なんで流すの？

ユアン　……（ARゴーグルを外しながら）

江原　勝手にズケズケ流しちゃうのかな、そっちの国だと。あいちゃんに見せようってこと？　やめな、そういう余計なことするの

ユアン　明日の6時までしか残ってない

江原　は？

ユアン　遺書。作品とセットで見てってメッセージあるから（ARゴーグルを差し出し）

江原　……気色が悪くて、分かんないからやめてもらいたいな。あんたなにしてんの？　ねぇ、監督の息子も誘惑してたらしいじゃん

相葉　……

江原　メンズにすぐ目ぇつけて……ここにくる弱そうなチキン男子誘惑して、すぐおいしいすごくおいしいってやるの好きなのか⁉

ユアン　明日の朝、はっさんさん帰ってくるから話してください

江原　……

ユアン　ニシダさん、エバラさんへ伝えるって言ってたけど伝えてない

江原　……ちょっとほんと……

ユアン　はっさんは話すことを望んでます。そうでないと始まりません

江原、ユアンから離れてキッチンへ。

相葉　江原さん

江原　ちょっと今無理。より分離した……

江原、庭へ出ていく。

相葉　……それ、モッタイさんの?

ユアン　……

ユアン、ARゴーグルを相葉へ渡す。

ユアン　角のほうに、光っているメッセージアイテムがあります

相葉、ARゴーグルをつけて、『itchy』とARメタバースの世界を見つめ続ける。

相葉　この光?

アイテムを拾うとARゴーグルから「光るメッセージアイテムを拾いました」という音声が響く。

相葉　あ……なんか文字出てきた

ユアン、引き続きスマホを並べていく。

シーン・8

アトリエの奥から羽瀬川と岡の騒がしい声が迫ってくる。

須田、ドアから離れて隠れる。

岡が飛び出てきて、羽瀬川が押さえ込もうとしている。

羽瀬川　岡くん、だめだって、岡くんダメ

岡　だって気持ちぃじゃん！

明らかに様子のおかしい岡。須田、その様子をカメラで撮影する。

羽瀬川　岡くん外ダメ、外出ないで

岡　もっと一服しよ、１００パーセント！

羽瀬川　岡くん、声が大きいって

岡　だってはっせーあんなにくれるから！

羽瀬川　静かに、お願い

岡　あああ、めっちゃすごいんだね、葉っぱって！

羽瀬川　しまった仲良くなりすぎた……

須田　……（撮影中）

岡　スマホありゃ生きてて満足大国ではないのさ～

羽瀬川　岡くん、やめよう。君がこんなに、法を気にしない人だなんて

岡　や法て気にしてないのはハセガワマンでしょ選挙いってないのはジジババ太郎戦隊与党ブラザーズだぞ、ぞら！

羽瀬川　ほんと、ごめん

岡　中学生の時は生徒会長でした！

羽瀬川　そうだね

岡　マリィファナ、いただきましたーぁ！

羽瀬川　岡くん、やめて。友達だから、友達だから！

岡　さて街へ出よう

羽瀬川　ごめん俗世が気づく前に落とすね

羽瀬川、岡に裸絞を仕掛ける。

岡　今日本も表現もガチマジで弱中強エクスプロイテェイションばっかだからし、イケメン死んだほうが喜ぶからな、このカントリーピーポーは。ステージ上、優生思想、およ韻踏んでんなでんがな！（夜空を見て）星たちの光が綺麗！

羽瀬川　うん今日は二度とない夜だね

岡　こういう寒いこと言うやつをさ、普段裏垢で寒いこと言ってるやつが冷えた目で貶してるんでしょ……？　同族嫌悪いただきましたーぁ！

羽瀬川　岡くんおやすみ……おやすみ！（強く絞める）柔道、部、以来……

羽瀬川、岡を落とす。須田、カメラの撮影をしたまま去っていく。

暫くして、笑い出す岡。

岡　くくく……

羽瀬川　ふふ、ふふふ……

岡と羽瀬川、大声で笑い出す。その後、立ち上がる。

岡　分かった羽瀬川くん？　これが映画の作り方だから！

羽瀬川　へーすごいな〜！

岡　シチュエーションを決めてやればね、シーンはこうやって一瞬でできんだよ

羽瀬川　や岡くんの、言葉がスラスラ出てくんのすごいと思った

岡　できるできる誰でも

須田、ハートランドの入り口の戸を開け、スタジオへ。

岡　ハセガワマンこそ俳優向いてるよー

羽瀬川　や役者は絶対なりたくない

岡　えー

羽瀬川　グーグルカー運転する人とかなりたい

岡　そういうの知ってんじゃん

羽瀬川　一応はね。や、いきなり動いたから汗かいた……あっつ

羽瀬川、上半身の服を脱ぐ。
両脇にマスクがある。

岡　本当に脇にしてるじゃん！

羽瀬川　するよ。脇汗吸ってくれるんだもん

須田　とらえた！

須田、カメラを確認しつつ。

須田　……若者の危険ドラッグ。逮捕だこれは……

須田、相葉とユアンを見る。

須田　そっち、保存できた？

ユアン　はい

須田　これ（カメラ）もバックアップする

須田、宿泊部屋へ向かう。

羽瀬川　ほらここ（自分の脇）隠してるから。見たくなるでしょ？

岡　まったくならねぇ

羽瀬川　まーだいぶニッチか。（笑う）あとパンツにも使ってるから

岡　なんでだよ

羽瀬川　使わないの、もったいないし。ここだと結構流行ってたよマスクパンツ。試してみそ？

岡　マスク嫌ってる割にすげーマスクしてんじゃん

……

羽瀬川　顔より馴染むよマジで

岡　……さっきのさ、超腹立ってて聞き逃そうと思ったんだけど。見えないものを見ようとする習性って

羽瀬川　うん

岡　それ作品作ってても考える。お客さんって、ど

ういう見えないものを見たいのかなー的な

羽瀬川　あー普段見えないものとかね（笑う）

岡　まぁそう

羽瀬川　岡くんも有名人使ってそういうの描くのかなぁ

岡　……あ、父親の映画どうだった？　観たんでしょ？

羽瀬川　あーまぁ観たよー

岡　え、ハートランドの住人的にはどうだった？

羽瀬川　えーでもそんな映ってないじゃん

岡　じゃあ映画自体の感想をさ

羽瀬川　うーん

岡　え、正直でいいから

羽瀬川　綺麗すぎて無理だったわ……売れてるやつに不幸の真似事されんの超不快でさ、下ばっか見てんなーみたいな。かわいいー、かっこいいー、それ演技でいいねーぐらいしか思わなくて。なんでそんな売れてるやつのモノマネ見なきゃいけねーんだよ俺が。安全なとこから不幸な人ら材料にしただろ、みたいな。てか寝た

岡　……すげーよそれ、もう何も観ないほうがいいよ

羽瀬川　だって綺麗なセックスするやつはいるけど、うんこするやつ一人もいないんだもん

岡　……よくそれで画家名乗るね（笑う）

羽瀬川　……ごめん、俺また君を傷つけた

岡　え、いやいやいやいや……

羽瀬川　や今の俺の感想クソだ最低だ、いつもこうだよ、ほんとごめん……

岡　や俺が悪かったよ、正直だったのに

羽瀬川　、、すーと同じこと言ってた……ちゃんとお父さんが作ったのに

岡　……てか俺がノミネートされた映画祭の審査員、父親だったのね

羽瀬川　へー

岡　でも「身内には厳しくするから」とか言って審査会でボロカス言われて、定番中の定番みてーな他の作品が受賞してさ。まじ父親も賞レースも終わってるよな

羽瀬川　あーそっか、きっと岡くんが父を越えるんじゃない？

岡　……そうかね？

羽瀬川　そうだよ、きっとそう。しかも父親が不倫してましたみたいな作品撮るんでしょ？　すごいよ、お父さんに立ち向かって。さっきの薬中（ヤクちゅう）の感じも良かったし

岡　や、でも吸ったことないっていうか、吸ってもこんなハイにはならんでしょ（笑う）

羽瀬川　まぁ、ちょっと気持ちいいぐらいだからなー

岡　え本物の体験あんの？

羽瀬川　あるよそりゃ

岡　え……どんな感じ？

羽瀬川　気になる？

岡　え、うん

羽瀬川　うーん、はい

　羽瀬川、新聞紙に包まれたガムを取り出す。

岡　え、なにこれ

羽瀬川　ガム

岡　嘘でしょ？

羽瀬川　や、だからガムだって（笑う）

岡　え……え続いてる？

羽瀬川　なにが？　別にこれ、そんな感じになるって感じだから

　羽瀬川、もう一つ取り出して自分の口に含む。

羽瀬川　安全、味スウィーティだもん、これ。すこーし、シャキムラッ！　とするだけ

岡　……え、精力剤だったとかそういうオチ？

羽瀬川　岡監督せっかく人の人生描くんだから、試そ？　体験せずに描くなんて、体験したことある人に失礼だよ

岡　やでも

羽瀬川　体験が大事。俺もこれ噛（か）んで入賞したから

岡　……んん

羽瀬川　全然。白鶴（はくつる）より酔わないもん

岡　まーガムだもんね（少し笑う）

　岡、ガムを受け取り、噛む。

羽瀬川　もし精力剤だったら、誰にムラムラすんの（笑う）

岡　や……それはゆわずとも……ユア……うん、最低だけど

羽瀬川　……あの子がここにきた理由さ、妹のほうが可愛くて歌上手いから死にたくなったんだって。あんな日本語上手なのに

岡　……え、そんな理由？

羽瀬川　それが理由で、むこうの国で自殺寸前までいったって。母親に嫌われて

岡　えー……

羽瀬川　でも今じゃ割とトップだから、国内外問わず消えたい人らの

岡　……なに？　そういうの本人から聞くの？

羽瀬川　配信で

岡　……何の配信？

羽瀬川、犬小屋のほうを見る。

羽瀬川　あそうだ犬、俺の家族紹介すんの忘れてた

立ち上がって犬小屋のほうへ。

羽瀬川　ベムっつって、今、アトリエの裏で飼ってんの。消えちゃった人が置いてって。でもやっぱ飼い主に似てくんだよなあ

羽瀬川、犬のベムを連れてこようとする。

羽瀬川　あ、首輪散歩したタレが持ってんのか……おーベム、こっちこい。ほら、早く人間になりたいだろ？

岡、ガムを噛む口の速度が勝手に上がる。ベムの「ワン」という声。岡、羽瀬川の声に聞こえてしまう。

羽瀬川　おうベム、来いって！

ベム　ワンワン！

羽瀬川　おおベーム、興奮すんなよ

岡　羽瀬川さん……

ベム　ワオーン！　ちょおーい

岡、羽瀬川がベムにも見えてくる。そうとしか見えなくなる。

羽瀬川　ワンワンワン！　ワンワンワンワンワオワン！

ベム　ちょ違うお前、お客さんだから

羽ム　ヘッヘッヘッヘッヘッヘッ……

岡　羽瀬川さん……これ

羽ム川　ヘッヘッ……ほら、怖くないよ～

羽ベム　ワンワッ！

ベム、というか羽瀬川、奥のほうに引っ込む。

羽ム　……（岡の前へ現われ）ちょっと今日、機嫌がよくないみたいだワン

岡　ガムすごい効くじゃん……！

羽ム川　あー落ちるー！

岡　何食わせてんだよ

羽ベム　あ、バイト行きまーす

岡　やっば

羽ム　コケ？　まぁすぐ薄れてくやつだモー

岡　これガチ……吐き気……おえ（えずく）

羽ム川　ブー、一回落ちてからのずっと昇りだニャン

岡　ちょ、ちょっ、と……休めるところに……

羽瀬川　ウッキ？　じゃあ、アトリエいくぽよ～

羽瀬川、岡を連れてアトリエへ。

シーン・9

相葉　（ARゴーグルを外し）え……これなに……ポケモンゴーの遺書版？

ユアン　ARメタバースで、海外で流行ってるアプリです

相葉　これをあなた……がモッタイさんに紹介した？

ユアン　いえ、モッタイさんは先に知ってました

相葉　……他には誰か見た？

ユアン　須田さんも見てます。モッタイさんのメッセージしか、息子さんの情報残ってないので。「ノーンくんと丘のところまで散歩した」と書いてあったと思います。その子が須田さんの息子さんのハンドルネームで

相葉　行方不明の

ユアン　ここから少し山を降りて、トンネルを抜けて海が見える丘で。そこでモッタイさんと、須田さんの息子さんのスマホが見つかって

相葉　……あー、あそこか

ユアン　あの丘は遺書のメッセージアイテムを遺す隠れスポットになっています

相葉　そんなレアポケモンいるみたいな

ユアン　遺書を遺したいけど親族に見せたくない人が訪れて

相葉　……えなんで？

ユアン　「今さら知ろうとするな」……とか。モッタイさんと同じように。モッタイさんのスマホもここに並んでいます

ユアン、並べられた大量のスマホからモッタイのスマホを探し、相葉に渡す。

相葉　……え、モッタイさんって、こんなことになってたの？　これ今のに（ARゴーグルを指し）

「これで奨学金返さなくて済む」とかあって……

（堪（こら）える）

ユアン　あなたから見て、どういう人でした？

相葉　……や……ここに私が学生のとき初めて来て、初めてバーで話した人がモッタイさんで、それでそのとき美大生だったから、アートのこととか映画のこととかいろいろ教えてくれた人で……それで私が俳優になって出演する映画に知り合いにアニメーション作れる人がいますって監督に紹介したら、作ってくれて、で私も声を当てたいって……監督に交渉して……うん、ここで監督に……

ユアン　……はい

相葉　……ごめん本当は……今すごく、別の人のことも話したくて。あなた、なんか、こういうの分かりそうだから

ユアン　……それは、どうぞ……

相葉　……ここで撮影してたとき、監督してる姿がかっこいいなとは思ってた。マスクで顔とか全然見れてないけど好きかもしれないとも思った。あの時はマスク、人前で絶対外せなかったから。で、ここで二人きりになって監督がコロナのことですごく疲れて、弱ってたからか、ここで腕に抱きついてしまってというかそのぐらいなら良しだろうと思ったけど、その相手の目をみたら、そっちそういう目だなって分かって……マスクしてたのに、目だけでそう感じてしまって。でもその後、マスク外した顔見たら、吐きそう……吐きそうは盛った、気持ち悪い、と。でも最初は本当に、マスク取る前は、いいなって。不倫ぽかったけど、で……そのことを監督は、自分の作家ノートかなんかに向こうから全部って書いて、で映像も撮ってたみたいで、それが奥さんにバレて……うん今は以上、嘘もあるけど

ユアン　……映画、それはまだ撮る？

相葉　それは、岡……息子監督に話したら「作品にしよう」って……でも今した話はNGにしたい。結局、うん。素材に使われてるんだろうなって

ユアン　……すみません、間違えました

ユアン、別のスマホを渡す。それが本当のモッタイのスマホ。

相葉　……

ユアン、相葉にARゴーグルを渡す。

ユアン　これなら目を隠して見れます、あなただけの目で。見えなかったものを見てください

相葉、ゴーグルをつけてモッタイの遺書をもう一度読み始める。

相葉　（溢れ出す）……モッタイさん

須田、宿泊部屋から戻ってくる。

須田　（ユアンの並べたスマホを見つつ）全部並べたの？

ユアン　今日はアップデート追悼も含めて、6時前に始めます

須田　今日は特別か

須田、大量のスマホに対し、合掌し、祈る。ユアン、拱手（きょうしゅ）し、祈る。

須田　あれ、ゴーグルは？

ユアン　（相葉を指し）……

須田　あ、すみません。それ返してもらえます？　それ僕のでして

相葉　（遺書を読んで、涙を堪えている）……

須田　他にどうしても保存しなきゃいけないアイテムがありまして……

相葉　（溢れる）ごめんなさい、モッタイさんの読ませて……もう一度

須田　えー……（ユアンへ）え今、遺書読んでるの？

ユアン　モッタイさんの知人で

須田　そっかそれは……

羽瀬川、戸を開けて、バーのところで何かを探す。

須田　（羽瀬川に気がつき）あーじゃ分かった、それ持ってあの、トンネルの、丘わかります？　トンネルを抜けて海が見えるところの

相葉　（より溢れ）はい……

須田　そこまで……20分あれば間に合うか、5時40、いや、5時半までに来れる？

相葉　（溢れっぱなし）はい……

須田　ごめんなさいね読んでる最中に……でもお願いしますね、絶対後で返してください、丘に、5時半までに！　それは守って！

相葉　はい……

羽瀬川　やべーなちょっと……（スタジオにいる相葉へ）おー女優さん（ARゴーグルを見て）かっこよ。エックスメンかおめー。あ、ちょっと岡監督、今やばくて、なんかマキマさんがどーのこーの言って止まんなくて。だれマキマさんって？

相葉　マキマさんって

ユアン　『チェンソーマン』

相葉　あ、やっぱり知ってるよね『チェンソーマン』

羽瀬川　おう、そんなマンがあんのか

相葉　うん

羽瀬川　ふーん。なんか、そいつの犬になりたいとか言い出しちゃって

相葉　酔ってんの？

羽瀬川　だいぶ酔ってる。それで、首輪持ってこいとか言うからさ、あのスカタンが……

江原、庭からバーのキッチンに来る。

羽瀬川　……おー、ベムの首輪ある？

江原　……（羽瀬川を見た後、相葉とユアンと須田へ）話したいことがあるから、こいつと二人にさせてもらいたくて……いい？

相葉とユアンと須田、宿泊部屋へ向かう。

江原　あ、ユアンは残って？

相葉　……

江原　そうだ。行かせないから、ユアンは

相葉　あの……ちょっとこの娘と話したいことが
江原　なに？　監督、誘惑してたこと？
相葉　……

相葉、戻ってキッチンを通り、裏庭へ出ていく。

シーン・10

ユアン、相葉の様子を見つつ、バーのちゃぶ台のそばに座る。
江原、メモ帳を取り出し、それを見ながら話す。

江原　ちょっと、いろいろ整理したからこれ見て話すね
羽瀬川　ねー、首輪って
江原　（キッチンのテーブルを指し）そこ
羽瀬川　おー
江原　それはいいんだけどなんでかを教えて、今日来るはっさんのこと
羽瀬川　……あー

江原　（ユアンへ）はっさんとつながってるあんたも……それでなんではっさんが今、ここ出て都会で暮らせてんのか教えて。たぶらかしてたんでしょ、だって？
羽瀬川　……NFT、ってわかる？　NFT。ネットで調べりゃわかるんだけどね
江原　なに？
羽瀬川　今、作品の画像をネットに上げると、価値をつけてくれるパトロンがいたりすんの。それに、はっさんは当たって、精子まみれのねこの写真、そのコンセプトも含めて、海外の人に、すげー高値で買ってもらってる、相当
江原　……またそういう……まったくもってすべて何言ってるのかわからない、お前ガラパゴスじゃないの？
羽瀬川　……そのNFTを俺たちに教えたのは、ユアンちゃんなの。ユアンちゃんは色仕掛けとかじゃなくて、デジタルでここを変えたの
江原　わっけ、分かんない……ああそうか、ついていけない私は変わらないままか……そうか……でも、

そのなんとかっていうのもさ、きっとこの外と変わらない社会なんでしょ男の。そんなねこに価値つけるぐらいだからさ

羽瀬川　まぁ俺の絵はてんでだめだったね

江原　私はあんたの絵のほうが全然好きだけど

羽瀬川　うん、でもだめだった

江原　ていうか、西田、何で急にはっさんと同じ名前にしたの？

羽瀬川　……リスペクトかな。はっさんの展示ここで見たとき、やべーやつって一瞬で分かった。本当に助けなきゃいけないやつは「助けてあげたい気持ちに一切ならないやつ」ってマスター言ってたけど、そのまんまだーって。あれが芸術だと思った……同級生なんでしょ、はっさんと。それではっさんのこと「汚物顔面はせがわ」つって、仏壇のＣＭの真似して、結構いじめてたでしょ？

江原　……それさ

羽瀬川　はっさんのＮＦＴのコンセプトに書いてあったから

羽瀬川、手紙を取り出す。

羽瀬川　これ、新聞受けにあった。さっちん、メールとかできないから。これ渡したら読む？

江原　読まない触りたくない

羽瀬川　……でももう知られちゃったし、俺が読むね。伝えろって約束だったし

江原　なんで？

羽瀬川　さっちんがこれを読まないで……はっさんと遭遇するのは、俺もゲロみたいになる気がするから。ほんと、ごめん

羽瀬川、次の手紙の文章を読む。

振り返れば、私は親含め地元の人全員を殺すつもりでした。

しかし、私自身の作品によって、それは大きく変わりました。

私が心の奥底から憎み、消えることのない怒り

を持っているのはあの時のあなたであって、今のあなたではないことはご理解いただきたい。私が望むのは、今のあなたと話すことです。

　あなたも十分に傷ついてきたことは知っていますし、完全にではありませんが、いろいろ聞いた話から、私はあなたを理解しようとし続けています。

　だからこそ、あなたに率直な本当の感情を優先して欲しいです。

　私の率直は、やっと、あなたと話せるかもしれません。

　私は偶然生き延びました。これは奇跡です。私と同じような経験をしている人で、生きることができなかった、生きようと思えなかった人が大勢いる、もういないことはお分かりだと思います。本来なら私はここにいません。

　でも私は、ユアンさんと、新たな価値観に救われました。作品が売れたからです。

羽瀬川、軽くため息のようなものを吐く。


私の居場所は現実という名の自然界にはありませんでした。

　性別や当時の空気感、社会的要因や環境をいくら踏まえても、私の脳はどうしても、私の人生を大きく変えたのは誰だと思うと真っ先に出てくるのは、言葉でとどめを刺したあなたでした。たとえあなたがこの社会の被害者だろうと、自分は違うと否定したとしても、あなたは私にとって揺るがない加害者です。

　私が死ぬために首を縊(くく)ったとき、悪夢を見ました。そしてみんなを道連れに殺せばいいんだと覚悟して首からロープを外しました。

　本来なら、あなたから「お顔のしわとしわを合わせて不幸せ、なーむー。汚物顔面はせがわ」と言われた私は、あなた方を許せないまま、なーむーとあなた方と消えていました。マスクをしている今なら言われなかったかもしれません。「はっさんではっさんしようぜ」と、笑いながら首を絞められ、嗚咽して蹲(うずくま)っている私に、あなたは言いました。「はっさんは二年Ｃ組のペットだね」不思議です。愛情をもらえなくてもペットになれたのです。私のようなペットの立場からすると、人とは、餌をあげずに見ているだけで楽しめる生き物です。他の生き物より大分楽なペットではないでしょうか。人は人をペットにし、生き物という飼い主のため、去勢や避妊の有無を決める。決められる。見たいものだけ見る。ということに気づきました。そこで私は、見られなくなってようやく価値が生まれました。私の作品が売れたのです。

羽瀬川、ため息を吐く。

　私の作品が売れはじめ、

羽瀬川、より深いため息。

　予想を超えて売れたことにより、

羽瀬川、舌打ちする。

　私は生きて、感謝でも、怒りでもなく、こうして伝えることができました。ただ、いくら作品が売れても、私はどうしても生きる価値が見つかりません。結局、現実に勝てませんでした。これからの人生のために、話そうと思わないかもしれない私と話してください。

追記。

　唯一友人だったモッタイさんをあなた方がいじめていたのを私は覚えています。ですが本人がどう感じていたかのすべてを私は知らないので、それが原因だとは思っていません。

　１００万回生きたねこのフィギュアにした理由は、あなたが幼少期に好きだった絵本と聞いたためでした。悪意です。復讐のために展示しました。でも今は、その本を好きだった当時のあなたと、何より作者に対し、本当に申し訳ないと思っています。

長谷川　剛

羽瀬川　（読み終え）……はっさん、売れてから文章が調子に乗ってんな……読まなきゃよかった……長ぇし

江原　……他にもたくさんいたよ……他にもいただろ……長谷川のことをやってたのは。モッタイのことも。主犯格は進学組だろ……見るだけの裏で悪口言ってるやつも大勢いたよ

羽瀬川　だろうね

江原　何で……何でそれで、なんで私なの

羽瀬川　それは……当時、当時のことだから

江原　当時って……私にも当時から今まで死にたいことはあってさ、たくさん辛いことあってさ……野球中継しか見たことない女がクロカンで必死こいて練習して走って大学の推薦目指しても親から就職しろ実業団入れる実力もない女だから男より趣味で走れ、明日にも結婚しろ、親死んでも独り身で親不孝と噂されても、絶対出なかったここから。耐えた、陸上以上にマラソン以上に耐えて、タレだカキタレだピルスナーだ、ピルはすな、ビールで流せ、タレはピルいらねえもんな、最低なこと投げられてきたんだよ子どもも作らず。それで生き延びたのに、今一番悪いのがなんで私？

羽瀬川　……当時と、今は違うって、はっさんは言ってるよ

江原　……初めてここで絵本を読ませてくれて……感動したものに……今こういうことにされて……（ねこを見て）なんでここに置いた……？

ユアン　……気づいてもらうため

江原　あんた関係ある？　自分の人生うまくいかないから他人に首つっこんでるだけでしょ

羽瀬川　それな

江原　そら妹好きの母親に捨てられるわけだ

羽瀬川　それな

江原　いつ。いつ？　はっさん、来んの

羽瀬川　寝台列車だから、もうそろそろ駅着くんじゃないかな

江原　……話すよ、私は。話すし、きっと謝るけど、心からは絶対に謝らない絶対に。私は言われた

　　　とおり生きようとしたし許してきた

羽瀬川　……

江原　男に生まれたかった、本当に。私だけが報われ
　　　ない

羽瀬川　さっちんだけじゃないよ

江原　……よそから来たお前がそれを絶対に言うな。
　　　全部耐え切るために生きてきたんだよ

羽瀬川　……

江原　間違ってる……私はそんなんじゃない

　　　江原、ねこを見る。

江原　間違ってる……。本が読めるここが好きだった

　　　江原、キッチンから裏庭へ、外に出ていく。

羽瀬川　……

　　　羽瀬川、ねこを摑む。
　　　そのまま江原を追い、外へ行く。

　　　ユアン、『itchy』の映像を消す。

シーン・11

岡、ガムにより錯乱し、上裸になってアトリエから出てくる。

岡　あっつ……頭いった、いてぇ……ワン！　（ワンに対し）んだこれ……

ガムによって気分が不安定になっている。おぼつかない足取りでハートランドの入り口に向かう。

岡　開けちゃダメだ……岡……開けちゃダメだ……それでも、開け、る！　筋肉番付え！　あー ワン！　犬、ワン！　とまらねぇ……

引き戸を無理やり開ける。

岡　コツとか知らねぇし。本物だからなんだってんだ……ワン！　（ズボンの股間辺りを触れ）ああ確かにこれ意外としっくりくるな……

岡、ブックカフェの戸を開けて、スタジオへ。ユアンと遭遇する。

岡　（手をばちんと叩き）ワン！　こんちは、ねこだましさん……すみません、今まったく冷静じゃないんだけど、ねぇ、なんで初めて会ったとき、あんな思わせぶりに笑った？

ユアン　……緊張？

岡　いやいや、ニュアンスおかしすぎだから

ユアン　……

岡　そう。え、じゃなんで手を振ったの？

ユアン　……あなたはここに来ないほうがいいと思って

岡　……えーっ？　なにそれー？　でもそっか……
あ、はい

岡、振り返ってアトリエに戻ろうとするが、入り口の引き戸の前で止まり、振り返る。

岡　え、そういう雰囲気使って人を混乱させるのわざとやってるよね？　いろいろわかんないんだけど、勘違いさせるしさ。羨ましいわ

ユアン　……

岡　鏡みて、自分が相手にどう伝わってるか、事前に分かってる？　あなた、キモいやつにしか好かれないでしょ？

ユアン　……

ユアン、岡へ手を振る。スタジオに入り、引き戸を閉める。岡に見えないように中指を立てる。

岡　……人んことおちょくりやがって……あれが野生のマキマさんか……

少し近くから「ワオーン！」とベムの鳴く声が聞こえる。

岡　（対抗する）ワンワン！　ワンワン！　あっつ！
（首輪を見つけて）お！

岡、犬の首輪を自分の首に装着する。

岡　ワン！　（ベムの声が聞こえたほうへ）俺のほうが、犬、上手！

岡、首輪をひっぱりチェンソーマンの真似をする。ふらつきつつスタジオに近づいていく。CDラジカセの前で止まる。
そこに置かれた須田のイラストが書かれたジャケットを見る。

岡　吐きそう……ねー（誰かへ聞くように）これ誰だっけ……？

岡、バーとちゃぶ台が置かれた場所を見回す。

岡　……誰もいないんかい。（スタジオの引き戸の先にいるユアンへ）ねー、ユワン。こっちで飲みなおすワン。さびしいワン

返事はない。

岡　……こっちからいくよ

岡、ラジカセの再生ボタンを押す。

ラジカセから、ジプシー・キングス「ボラーレ」が流れる。

岡、スタジオの引き戸を開ける。

須田がいる。

岡をカメラで撮影しながら立っている。

岡　は!?

須田　久しぶりい、須田学です

岡　ちょっとお前、え、えやっぱ映画泥棒！　映画泥棒の

須田　薬中捕まえます！

岡　やめろバカ！

須田、狼狽（ろうばい）する岡を捕まえようとする。

岡、入り口の引き戸に引っかかりつつ、外へ逃げる。

須田、岡を追っかける。岡と須田が取っ組み合う。

須田、岡のズボンを奪う。岡のズボンが宙に舞う。

奥に消えたと思いきや、ほぼ裸の岡の姿が一瞬垣間見える。

須田が岡を追いかける。

須田と岡、去っていく。

ユアン、宿泊部屋からスタジオに行き、配信の準備をする。

ねこを江原へ渡し終わった羽瀬川、戻って入り口の戸を開ける。

羽瀬川　腹減った……（曲が流れるラジカセを見て）うるせーばか

羽瀬川、ラジカセを叩いて消す。
キッチンのコンロに火をつけて鍋を温める。

羽瀬川　（ユアンへ）……このあと配信？　その前に食べない、一緒に

ユアン、羽瀬川の声が聞こえず。

羽瀬川　聞いてねーや

羽瀬川、そのままカウンターでハートランドビールを飲む。
だが瓶は空になっており、瓶の口に息を吹き込んで一度鳴らす。
汽笛のような音が鳴る。

シーン・12

夜明け前、トンネルを抜けて海が見える丘にて。

汽笛が鳴っている。

須田が、岡を首輪につないで岡を連れてくる。

須田の片手にはカメラがあり、ほぼ裸の岡を撮影している。

ユアン、スタジオに訪れて配信の準備をする。

須田　ほら、息子よ！　こっち来い！

岡　もうやめてください……

須田　やめるじゃないんだ！　鍛え直してやるから！　ほら！

岡の股間には黒マスクがあり、いわゆる「黒マスクパンツ姿」になっている。

須田　ほら歩け！　立って走れ！　パオ（「走れ」）！　パオ（「走れ」）！

岡　これもう犯罪……

須田　どっちがだよ（首輪をしっかり握る）

岡　この格好まずいすよ……ワン！

須田　なんだ急にその犬は！

岡　いや変なのもらワン！　って……おさまれ……

須田　まぁ大丈夫だ。警察も寝てるからな

岡　やめて……ワン！

須田　息子よ。私、完全に撮りました。ユアンちゃん襲おうとしたのも、危険ドラッグ使ったのも、ネットの海に流しますから。元柔道部の絵描きとともに！

岡　それは演技です……

須田　なにが演技だ！　現にあなた今おかしくなってるでしょうが！　ほら！

岡　いやそれは

須田　すぐ演技だで逃げて。俺たちのこと材料としか見てないんでしょ。だからまたここに材料集めに来たんだろ！

岡　え、これなに、ワン！

須田　あんたの親さ、人のこと勝手に作品にしてさ、試写会見てすぐ分かった、これは俺の家族の話まんまだった。どこからか聞いた？　許可もらってない。エンドロールも当然名前がない

岡　……ほんとワン！　かんないんで、もう帰してください

須田　……お前は俺を帰れなくしたんだろ、映画館で！

岡　それは泥棒してたから……

須田　こんな偶然あるのか……俺もクソだよ海賊版作って生きてたから！　でも根本で、盗んでんのは、どっちだって話だよ！

須田、スマホを取り出して操作し、画像フォルダをチェックする。

須田　……スクショ残してたんだよお前らのツイート。（画像を見て）「２０２０年10月、映画『ハートランド』クランクアップ！　ご協力いただいた皆様ありがとうございました！　いい作品にするため大変でしたが、現場はとても和やかな空気でした。とても楽しかったです！」……今のお前の親な

岡　ワオン！　（発作）

須田　（他の画像にし）次これ、主演の売れっ子な。「大変なご時世、ざまざまな場所での撮影」ざ、ま、ざ、まってなんだよ投稿し直せ！「関係者の皆様に感謝申し上げます。最後まで本当に楽しかった！」……ね、「楽しかった」のね、よかったね、本物のこっちはまったく楽しくないのに

岡　ワオン！　（発作）

須田　ワオンすんな！　企業の犬め……こんな芸能人らみたく、かっこよくもかわいくも魅力的に見えないし人惹きつけないよ本物は。いいよね作品にできて

岡　……や、作品は、そういう人たちがいるってことを見せて

須田　なんでお前らばっか儲かってんだよ、頑張れるんだよ、スポンサーもついて、醜い生き方のやついくらでも材料にできるから頑張れてんだろ？　俺が映画泥棒すんのはな、勝手に材料にさせられてるみんなに見せてることでもあんだよ、ほぼ無料で！

岡　ほぼ……

須田　あの映画の後ってどうなんの？　本当はお父さんに聞きたいんだけど、不幸なまんまで思わせぶりで終わるでしょ。俺をそういうもんだってことにさせたい？　子どもはどうなるの？　どうやって最後を迎える？　自ら命を絶ちましたとか勘弁だよ、こっちはずっと現実だよ。お前らの悩みは、最後は結局「いい作品にするため大変でした」でしかないだろ。どうだ、息子も消えたぞ、スマホしか残ってないぞ。こっちはどうすんだ。勝手に決めて終わらせないでください！　いい黒パンツだね！

相葉、ARゴーグルを持ってやってくる。

須田　ああ！　待ってました！

相葉　……まじで何やってんのそれ

須田　早くそれ返してもらえます？　早く！

岡　ワン……相葉さん……警察呼んで

須田　監督だろ！　しっかりなさい！　それだと捕まっちゃうよ！

岡　……相葉さん、警察よばないでワン……

相葉、モッタイのスマホを取り出し、その二人を撮影し始める。

岡　……なにしてんの？

相葉　こっちのほうがいいから

須田　そうきた。大丈夫！　俺はもう覚悟してる！

岡　あ、証拠ってこと？

相葉　ううん、素材。私もうあんたらの被写体じゃないんで

岡　は？

須田　消えちゃうの！

岡　（相葉へ）いいからそれ返して早くしないと全部あ、ああじゃもう撮って撮って！（カメラを気にし）相葉さん！　今自分はこの男に暴力受けてます！（須田にしがみつく）

須田　薬中ワンコ捕まえました！

岡　危険だワン！　僕が捕まえました！

相葉　ここのみんなは、遺書のアイテム、保存されたくないと思います

須田　息子のアイテムがまだ見つかってないんだよ！見落としてるかもしれないだろ！（岡を押さえつけ）こいつの親が作った映画は終わるけど、こっちは終わってないの！

岡　あれ全部フィクション

須田　ならなんであんなに俺にそっくりになんだよ

岡　映画は現実を見る鏡……

須田　見るだけだろ。遠いところから

岡　見えないものを見やすくするためでしょ……

須田　映画のなかだけで……（相葉へ）早く返せ！

相葉　早く！（ARゴーグルを置く）……ちょっと怖いのでここに置きます……

須田　なぜ置く！　ほら離せお前！

岡　（須田に）……お父さん！　お父さん！　今のこれ作品にしましょう！　今、最高のドキュメンタリーすよ！

須田　病気だろ、お前……

岡　絶対報われる！　あなたこそ報われる！　こんだけ不幸な体験したんだから！

須田　不幸じゃねぇよ

岡　あなた、いっちばん俳優向いてます！　見世物にすれば価値になります！　これ絶対賞取れます！

須田　なんでそんなことをする……

岡　愛されるためだよ！　お前と息子と同じだよ！よーい、はい！

岡、チェンソーマンの真似をしながら須田へ襲いかかる。

須田　（抵抗）息子の何が分かんだよ！

岡　分かってねぇのはお前だろ！　ワオオオン！

須田　（咳き込む）ごえええっ！

須田　（優勢）お父さん鍛えたぞ、あれから！

岡　（劣勢）ワン！　あーまた（発作）ワン！　映画泥棒この野郎……

須田　おまえらは、人生泥棒ー！

須田、ふらふらの岡を押さえ込む。

VRゴーグルを被りVRコントローラーを持ったユアン、メタバース内で曲を流す。

クイーン「サムバディ・トゥ・ラブ」のオフボイス音源が流れ、ユアンが歌い始める。

ユアンの声と動きに連動しているメタバース内での配信が始まる。

須田の握っているスマホに通知が届き、バイブとともに光る。

須田　（手元を見て）配信始まっちゃったじゃん……

須田は岡の首輪を離し、ARゴーグルをつける。

同時に、約300個分のメッセージアイテムの光が、丘に広がる。

洋画のエンドロールで流れる曲の和訳のように、歌詞が舞台上に投影される。

字幕：毎朝起きるたび 死んでいく

字幕：ぎりぎり立てている

字幕：鏡を見て　泣き叫んでしまう

字幕：あなたが　わたしにしたことを

字幕：ずっと　信じてきた

字幕：けれど　なにも報われることはない

字幕：誰か　誰か

字幕：誰か愛せる人を見つけて

字幕：毎日

字幕：わたしは頑張っている　いつも

字幕：だけどみんな　否定したがる

字幕：わたしは　頭がおかしいと

字幕：心も　壊れていると

字幕：常識も　ないと
字幕：信じれる人が　誰もいない

須田、ＡＲゴーグルをつけながら、その光らに触れて保存しようとしていく。

相葉、岡を起き上がらせ、首輪を持ち、犬の散歩をするようにしながらスマホで引き続き撮影をする。

ユアン、歌い続ける。

江原、マスクをつけて、ねこを持ち、駅まで向かっている。

羽瀬川、スマホのメタバースアプリでユアンのライブを聞きながら、ハートランドビールの瓶をしゃぶったりしている。
鍋をちゃぶ台のところへ持っていく。
鍋の蓋を開ける。使用済みの割り箸を汁につける。
その箸を吸い、そのまま横になる。

字幕：誰か　誰か
字幕：誰か愛せる人を見つけて

ユアンの歌が終わるとともに、朝６時になる。
メッセージアイテムの光が消えていく。
須田、曲が終わりしばらくした後、ＡＲゴーグルを外し、アイテムを確認する。

須田　エラーってなんだよ……

須田、力が抜けて座り込む。
ユアンの配信をスマホで見始める。

羽瀬川　（スタジオのほうを見て）売れてる歌、歌いやがって

シーン・13

ユアンが配信をしている。
普段とは話し方のイメージが異なっている。

ユアン　……えー今日は、日本語でいくんで、日本語以外の方は自動翻訳機能を使ってくだ、さい。今歌った曲は、クイーンの「サムバディ・トゥ・ラブ」でした。コメント、もしくはご相談などある方は挙手で……なんかアップデートでフリーズしてるね

相葉、岡から脱がした黒マスクを持ち、意識が朦朧とした犬のようになった裸の岡を引き連れ、ハートランドの引き戸を軽々と開ける。岡を撮影し続けている。

相葉　……なんだ、簡単じゃん

羽瀬川　……おかえり

相葉　おー、コツ摑めば楽勝

羽瀬川　もう摑んだの？　岡くんより才能ある

相葉　いえいえ全然

羽瀬川　鍋一緒に食べない？

相葉　……ちょっと疲れたから、私ら寝るね

岡　ワォン

羽瀬川　君ら……だいぶアートしてんね

相葉、岡を連れスタジオに。
岡、配信をしているユアンを見る。

相葉　……（羽瀬川へ）さっきさ

羽瀬川　ん？

相葉　こいつと二人で何話してた？

羽瀬川　……あー、岡くん羨ましいなって。自分は何も

ないなあーみたいな

相葉　……（岡へ）だってよ岡くん

岡　ワン！

相葉　あ、私、さっきこいつから監督任されました

岡　……へっへっへっへ……

相葉　っていう作品を作ろうとしてます（笑う）

羽瀬川　やっぱ

相葉、岡を撮影しつつ、宿泊部屋へ連れていく。

相葉　（黒マスクを掲げ）あ、こいつさっき、路上でうんこしたから

羽瀬川　まじ？

相葉　カメラにおさめた

羽瀬川　（相葉と岡へ）……お父さん越えたじゃーん

相葉　……ふ……ほらいくよ。（岡の頭に手を置き）岡脊髄犬！

相葉と岡、宿泊部屋へ去る。

羽瀬川　ああいう人間にはなりたくねーな……改名するか

羽瀬川、ずっと割り箸をしゃぶり続ける。

羽瀬川　無理矢理仲良くするもんじゃねーな

スマホを取り出し、寝転びながらユアンの配信を見る。
羽瀬川、コメントを書き込む。

ユアン　ちょっと回線も良くないみたいで。もうおじいちゃんスペックだからな、俺が使ってんのも……あ、きた。コメントありがと。「なんでクイーンの曲なんですか」……あー、追悼であり、今日あの、１００万回生きた猫、日本の絵本なんだけど、それを思い出して、その歌だなー、と、思ったから。別に、オーディションで歌ったとか、ではない。はい、えっと「結局、親ガチャなんですか？」……ああ、親ガチャね。本当ね、親ガチャ狂わせられた子どもにとっちゃ、身体逃す場所

現実になかなかありませんから。大きな争いのほとんどは親のせいなんで。せめて、子どもはここに駆け込んでもらえるとね。今はいろいろ話してください

羽瀬川のコメントが届く。

ユアン　「親の名を捨てた、永遠の放置子、ニーシーです。改名しようと思うので命名してください」え俺が？　ニーシー……（悩む）

日の出を迎えている海が見える丘。
須田、ユアンの配信をスマホで聴きながら、ＡＲゴーグルを首から下げ、日を眺めている。
江原、マスクをし、ねこを持って、須田のそばへ訪れる。

江原　（須田の姿を見て）あれ……すーさん？
須田　……幸子か……？
江原　うん
須田　なんで顔パンツしてんの？
江原　ほっといて
須田　そう。余計気になるなーどうしたの？
江原　（持っているねこ）これ投げ捨てに来た
須田　不法投棄ですよ
江原　よく言うよ前科者が
須田　んはは。いいのそれ、はっさんのでしょ
江原　いいですもう。本人とも会えたし
須田　そう
江原　西田がこれ持って会ったほうが絶対いいって渡してきて
須田　絵描きが
江原　うん。それで会えたんだけど、これ持ってる私見て、ずっと泣いてんの。全然話にならなかった。駅でずっと蹲み込んじゃって。あっちもマスクしてて、全然顔見えなかったけど
須田　そう
江原　で泣き止んだら、もう大丈夫だって。それでもうバイバイした。でもずっと、なんか見られてる気がして、ここ来るまでずっと……後ろから刺されんじゃないかってずっと……

江原、自分のマスクにふと触れる。

ユアン　（配信中）ちょっと待って、もうちょい考えるから……

江原　（スマホからの声を聞き）……何聞いてんの？

須田　え、誰かわかんない？

江原　うん、知らない

須田、スマホに映っている配信中のアバター（ユアン）を見せる。

須田　……息子の推し

江原　……そっか

江原、ねこを須田に渡す。須田から離れていく。

江原　しばらく留守にするね

須田　おー

江原　電気、使いすぎないで

須田　うん

江原　……マスターってどこ行ったの？

須田　そのうち帰ってくるんじゃないの、猫みたいに

江原　どうだろ

須田　帰ってくるよ

江原　うちの猫は帰ってこなかったけどね

須田　……

江原　あとベムのお世話もお願い。西田あいつ何もしないから

須田　……おお

江原　雄犬の散歩、毎日やって。私これでも十分やったから。さよなら

江原、走って去っていく。

須田　……帰ってこいよ

須田、丘から遠くの海を眺めている。

ユアン　……ウエスト

羽瀬川　……すごい溜めた上に微妙

ユアン　あ、イースト!

羽瀬川　もー、てきとーになってんじゃん……

ユアン　はい次

羽瀬川　おーい

羽瀬川、ハートランドビールの瓶を見つめ、なんとなく触る。

羽瀬川　これでいーや……(あくびをしそう)はーとらんど

羽瀬川、大きめなあくびをする。

羽瀬川　……今何時

羽瀬川、ゆっくりと眠りにつく。
須田、ARゴーグルをつける。しばらく周りを見た後、外す。

須田　……今さら見えないか

ユアン　「今日の朗読はなんですか」……んー……今日は人少ないし、もう読んじゃおっか?

ユアン、置いてある『いない いない ばあ』の絵本を拾う。

ユアン　今日は、絵本で『いない いない ばあ』です

須田　お、俺のリクエスト(スマホを見る)

ユアン、『いない いない ばあ』を読み始める。
須田、ねこの前にスマホを置いて聴く。
ユアンの朗読を聴きながら須田、ARゴーグルをつける。
崖下に今光ったアイテムを見つける。

須田　あ……光った

須田、ARゴーグルを外して、直接目で見る。

須田　今か?　あれ……おーい。おーい

須田、ＡＲゴーグルをつけて、よく見る。
光っているアイテムの方向へ向かおうとする。

須田、ＡＲゴーグルを外し、丘（舞台）を降りて（客席へ）いく。
アイテムの方向へ向かう。
ユアンの『いない いない ばあ』の朗読が終わり、暗転していく。
暗転後、置かれているスマホの光が残り、ねこを下から照らす。

舞台上に『ハートランド』を上演するキャストスタッフのクレジットが映画のエンドロールのように投影されていく。

了

養生

《登場人物：キャスト三名》

橋本（はしもと）　男性。美大の美術学部絵画科卒。
阿部（あべ）　男性。私大の経済学部卒。
川口（かわぐち）　男性。橋本と阿部の大学生時代のバイト先の社員。
清水（しみず）　男性。川口役が演じる。新入社員。美大の芸術学部卒。

《舞台設定》

百貨店の内装を行なう夜勤現場にて。
橋本と阿部の大学生時代から始まる。
その後、現在の正社員時代が描かれる。

《備考》

罫線で囲まれている部分は同時進行する。

0——開演前

いくつもの養生テープが垂れている壁がある。だいたい150本ぐらい。壁から垂れた養生テープは床に張り付いて、床を覆っている。

養生テープの壁の後ろには人が通れるスペースがある。

アルミ脚立3台を梯子状態にし、脚同士を直角に繋げ、コの字の形に接続し、門のような形の立体物が置いてある。

脚立の立体物は3つあり、サイズは3尺×3、4尺×3、5尺×3となっている。

マネキンが2体ある。そのマネキンたちは現在（正社員時代）の橋本と阿部の服装をしている。

これらの立体物がインスタレーション作品として開演前に展示されている。

開演前、回遊型の展示のように観客が観客席へ向かう際、舞台上や裏通りを通る。養生テープの壁の裏面から客席を見せる。

橋本役、阿部役、川口役の3人が係員となり観客をアテンドする。

1——講評

開演時間となると、橋本が美大の講評時の体で話し始める。

橋本　はい、皆様よろしいでしょうか。では僕の作品発表を始めたいと思います。えー、絵画学科油画専攻、4年の橋本と申します。これから私の卒業作品の、説明をしたいと思います。私が作った卒業作品はですね、今みなさんに通っていただいた（舞台上を指して）これらでして、えーこれはですね、あのー自分がバイトしている大船のほうの、百貨店の夜勤現場を表わしているものです。よくあるグルメフェアとかのタペストリーとかポスターとか、イルミネーションとかを設置したり撤去する深夜の内装作業なんですけど、自分含め美大生によく紹介いってる夜勤先なので、ここにいる他の生徒のみんなも行ったことあると思うんですけど……あ、先に言いますと、自分は油絵専攻なんですけど、なんか、今はこういう作品が作りたいなと思って、立体作品にしました。で、自分がバイトしている夜勤現場を表わしたんですけど、そこはですね、結構激しいというか、人が参っちゃう系のそういう場所なんですね。で、あ、このたくさん貼られてる養生テープ、みなさんも見てもらったと思うんですけど、これは自分が当時知る限りのバイトがバックれた人数を表わしてます。ご覧の通り、だいたい150人ぐらいですかね……やべーでしょ。でもなんつうか美大よりマーチとかそっちの人のほうがバックレる人多かったです。で、それなんでかっていうと、いやまぁ、社員さんとか夜働くからとかのせいだと思うんすけど、社員も精神おかしくなっちゃう人多くて。で、この梯子ていうか脚立は、3つあるんですけど。なんか……その、あまりにも自分の夜勤先が人が辞めるものだから、その百貨店の入り口が地獄の門みたいに見えた時があって、ロダンの。だから僕今、どの百貨店の入り口見ても全部地獄の門に見えるんですね。そうっすね、二子玉の高島屋とかは特に地獄の門感強いっすね。マルイはまぁそこそこって感じで、ルミネは基本全部地獄の門に見えますね、はい。それでですね、この脚立たちが重なったとき、地獄の門になりそうだな、と思って作りました。このなんか、脚立が脚立として成立していないみたいな、養生テープが養生テープとして成立していないみたいな、そういう、用途以外のモノのあり方、みたいなのをコンセプトに作りました。それでまぁ、僕も……これで美大は卒業なんですけど……えっと……あの、今バイトしているこの夜勤の仕事、結構、好きなんですよね。うん、なんか、いや辛いことあるんですけど、なんか……作品つくるより、好きだなって……結構僕、この夜勤好きで。いや好きなんですよマジで、色んなデザイナーのポスターとか貼ったりとか、百貨店の上には展示スペースもあって、すぐに著名な作家の作品も観れる的な。やっぱ好きだなぁって。で……本当はこの卒制で、絵画を描きたかったんですけど……うん……いや自分は夜勤が好きかもしれないなと思って、これを作りました。タイトルは「夜勤」です。以上で講評を終わります。

橋本、お辞儀をする。

橋本　……えっと、こうやって僕が美大を卒業したのがもう10年ぐらい前で、教授には全然うけなかったんですね。「だから何?」的な評価を受けて。ため息つかれたんですけど。「もっとむきだしを見せてくれ」とか言われたんですけど、いや、むきだしてこれなんですけどみたいな。でもこれを同期の、絵がめっちゃうまくて、今もう人気作家になってる佐伯って人がいるんで

すけど、そいつだけがTwitterで褒(ほ)めてくれたんですね。ちょっとその当時のツイートを読み上げます

橋本、スマホを出す。

橋本　「油画科の卒制展、同期たちの作品を見てきた。どれも素晴らしかったが、なかでも一番良かったのが同じアトリエだったハシモンの作品「夜勤」だ。」あ、ハシモンは僕のあだ名です。「そこには人生があった。上に乗られるではなく下に潜らされる脚立たちと空間の分断を表わしている養生テープの壁は、普段私たちがそういう用途のモノだと（続く）」続きます。「しかみていない日本の日雇い労働における搾取をあらわしている」あ、誤字ですね、表わしている「だけでなく、地獄の門を模すというユーモラスさえ感じる。4年間の最後で完璧に超えられてしまったと、しばらく打ちひしがれて動けなかった。いつかもう一度彼の絵を見てみたいとも思う。」

1リツイート、31いいね、この1リツイートは僕です……で今そんな僕は、バイトしてた夜勤の正社員になってます

1体のマネキンを指して。

橋本　あのマネキンが着てる服着て、あんな感じで仕事してて。で帰ってすぐ寝るんですけど、最近過去の夢ばっか見てます。美大に通っていた当時の、絵を描いていた時の。でなんか、今もすごい眠くて、もはやこれも夢なんじゃないかなぐらい思ってるんですけど、ていうか今俺、誰に話してんのって感じなんですけど、あ、夢すかね、今これ。なんか、そこ（舞台）に飛び込んだら、過去に戻れる気がするので、こっから飛び込みたいと思います。いけるかな……飛び込んだら、過去が始まります。いけるかな……

橋本、過去（舞台）に飛び込む。
足を挫(くじ)く。

橋本　痛っ……

10年前の美大生時代に戻る。
電車の音が聞こえる。

2——過去①

橋本と阿部が大学生の時。
電車に乗って手すりを摑む橋本と阿部。
大船駅に到着する。
二人とも百貨店へ向かう。
足を痛がっている橋本、阿部に気づいている。

橋本　……

橋本、後ろから話しかけたときに相手がびっくりしたことがある経験から、びっくりさせないような話し方を心がけている。

橋本、道中で阿部に話しかける。
イヤホンをつけている阿部。

橋本　あ、あ
阿部　……
橋本　阿部くーん
阿部　うわびっくりした
橋本　あ、ごめん
阿部　おおー、あれ、ああ、どうも
橋本　ごめんびっくりさせないように話しかけようとしたら、めっちゃびっくりされた
阿部　んは
橋本　すまん
阿部　イヤホンしてたから
橋本　そうか
阿部　そうそう
橋本　あ、俺も制作してる時イヤホンしてるから、なんか分かるわ。集中しちゃうよね
阿部　うん
橋本　あ何聞いてた？

阿部　……（笑う）

　　阿部、イヤホンをしまう。

橋本　あれ？
阿部　え、今日用事ないの？
橋本　え、ああ、ないよ
阿部　クリスマスで？
橋本　ないよ
阿部　おー仲間か
橋本　まぁ時給高くなっから
阿部　そうだね……あーイルミネーション破壊したいわ俺
橋本　どういうこと？
阿部　イルミネーションバックで写真撮ってる時にカップルごと爆破してやりたい
橋本　いや俺そこまでではないわ
阿部　この時期は深夜に結構たかるからさ
橋本　えそうなの？
阿部　撤去中に限ってなんかよく知らないけど

橋本　えー
阿部　去年話しかけられたもん
橋本　うそ
阿部　「撤去しないでくださーい」ってなんか酔っ払った男女に。お前らを撤去してやりてえよ
橋本　ええ
阿部　できっとそのあとホテルとか行ったんだよ。非常にお下品だわ
橋本　ふ。でも今日イルミネーション撤去するの俺らだから
阿部　やーマジでボコボコに撤去するわ
橋本　いやーマジで寒い
阿部　ね
橋本　息が白い

　　地獄の門の入り口にいる橋本と阿部。足を痛がっている橋本。

橋本　ていうか阿部くん、なんか今日いつもと違う？
阿部　え？

橋本　なんかオシャレじゃね？
阿部　……（微笑む）
橋本　さっきからなんか言えよ（笑う）
阿部　や別に普通だよ
橋本　なにクリスマス意識してんの？
阿部　や、別に普通よ
橋本　え、なんか夜勤なのにキメてきてんなー
阿部　いやいや。あれ……川口中（なか）にいるかな？
橋本　あー、来ないね川口さん
阿部　川口来たらさ、第一声でメリークリスマスって言おうかな
橋本　え、川口さんに
阿部　うん、今日なんか言える気がする。絶対言うわ
橋本　ええそれすげーなー
阿部　まー川口って、俺より背が低いから
橋本　へへ。（笑う）まぁそういうのあるか
阿部　っていうかクリスマスなんだから家帰りなさいよって
橋本　あそっか
阿部　うん
橋本　川口さんて小さいお子さんいるんだっけ
阿部　そうそう、意外すぎだろあいつに子どもいるの
橋本　あー子どもかー
阿部　二人
橋本　そっかそっか
阿部　や今日キリストの誕生日なのにそういうことするやつ多くて参るわ
橋本　え？
阿部　いや今日キリストの誕生日じゃん
橋本　え、どういうこと？
阿部　や、ホテルとかいったりするじゃんカップルは
橋本　あそういうことか
阿部　今日という日を弁（わきま）えずに
橋本　あ、子どもの話からそういう話に飛ぶとは思ってなかったわ
阿部　まぁそうだなそれは
橋本　うん
阿部　ちょっと俺拗（こじ）らせてるから
橋本　そうか
阿部　なんかよく分かんないけど高い服着て来ちゃっ

橋本　たんだよね

阿部　やっぱそうだよね？

橋本　（上着を指して）これ5万してさ

阿部　えこれ5万なの？　マジか

橋本　今日初めて着る

阿部　え、なんで今日？

橋本　いやー、この後さ、夜勤終わったらタイ人と会う予定でさ

阿部　タイ人？

橋本　ああ違うタイワン人だ

阿部　いや間違っちゃダメだろそれ

橋本　なんかゼミで出会った子で、結構、面白い子でさ

阿部　へぇ

橋本　なんか、江ノ島に、日本の夜明け観に行きたいとかいってさ

阿部　えーじゃあちょっと気になってんだ

橋本　（服を整える）うん

阿部　え、いいなぁなんかそういうの

橋本　だからちょっと今日、頑張るわ、早く終わらせる

阿部　さっきまでカップル爆破とか言ってたやつとは思えないわ

橋本　あぁまぁそれはそうか

阿部　てか川口さん来ない？

橋本　あ、そうだね

阿部　てか佐伯も来てない

橋本　ああ、あの人？

阿部　そう。あいつどんだけ時間守らねぇんだよ（笑う）

橋本　先に入館証もらいに行こっか

阿部　あ、行こっか

橋本　なんだ川口遅刻か〜？　家に子どもが待ってんぞ〜

地獄の門の従業員入り口に入っていく。
川口が入館バッジを持っており、指示書を見つめている。

橋本　あ、川口さんおはようございまーす

阿部　おざまーす。（小声で）メリクリスマス

川口　ん。ああ来た。何してたの？

橋本　え
川口　遅くない？
阿部　あ、外で待ってて
川口　なんで中入らないの？　寒いじゃん
橋本　ああ
川口　あれ何っていうか今日二人？
橋本　……あれ、佐伯って来てないすかね？
川口　え、お前が連れてくんじゃないの？
橋本　いや、ここに合流っていうのは伝えてるんで
川口　ま、じゃあもういいや、あいつ使えんし
橋本　……あー

　川口、入館バッジを渡す。

川口　じゃあ早くつけて
橋本　はい
川口　今日ちょっと早急にやることいっぱいあるから

　橋本、入館バッジを胸につける。
　阿部、入館バッジをズボンにつける。

川口　（それを見て）あ、胸につけて？　お前、前もなんかよく分かんないところにつけてて、ちょっと困るから
阿部　あ、困る？
川口　うん、自分が誰だってことちゃんと証明して。それ入館証だからさ
阿部　あ、はい……

　阿部、胸につけようとする。が、つけない。

阿部　（ズボンの部分に）あ、こっちつけてもいいですか？
川口　は、なんで？
阿部　あ、こっちでも見えるっていうか、証明できる
川口　いや胸につけて
阿部　いや胸っ、５万
川口　あ？
阿部　いや

阿部、胸につけようとする。
が、つけない。

阿部　持ってちゃダメですか
川口　いやつけろよ、ちゃんと服に
阿部　いや手で見せたほうがわかりやすくないですか？
川口　いやつけろよ、みんなつけてんだから
阿部　じゃあズボンに
川口　だから胸につけろって
阿部　（上着を触り）これそういう素材じゃ
川口　はあ？
阿部　はい、つけます

阿部、つける仕草をしながら、結局つけない。手で持っている。

川口　じゃあＢ１倉庫移動するぞ
橋本　はい

3──倉庫①

倉庫に移動する川口たち。

川口　あーあーあー、また散らかってんな

川口、倉庫の備品を見つめる。

川口　ちょっと先に片づけるわ

橋本　あ、はい

川口　ちょっとこれ、元あった場所戻して

川口、備品を指して指示。

橋本　これ

川口　うん。前あったところね

橋本　前

川口　（阿部へ）ちょっと手伝ってやって

阿部　はーい

阿部、バッジをつけていない胸元をコートで隠している。

川口　じゃあちょっと出して

指示に従って備品を動かす橋本と阿部。

川口　おい、ぶつかる

備品同士がぶつかって音を立てる。

川口　おいぶつかってるって！

橋本　あすみません

川口　（阿部へ）だからお前が前に出てこなきゃだめじゃん

阿部　はい

阿部、後ろへ下がる。

川口　だからお前だって

阿部　はい

阿部、前へ出てくる。

川口　しっかりしてください

また備品がぶつかる。

川口　しっかりしてください！

阿部　はい！

備品を動かし終わる。

川口　ていうかお前なんでコートなの？

阿部　え

川口　引っかかると危ないのでその服装やめてください

阿部　はい

川口　アホじゃないんですから。あと革靴もだめです

阿部　これもすか？

川口　だめです。アホです

阿部　アホ……

阿部、丁寧にコートを脱いでいく。

アナウンス　間も無く、レストランフロアを閉じさせていただきます。明日も、お客様のご来場を心よりお待ちしております

川口、アップルウォッチを確認。

川口　じゃあ荷物置いてここで待ってて

川口、倉庫から出て行こうとする。

橋本　あ、なんか人手いります？

川口　いやいやいやカードキー必要だから

橋本　ああー

川口　倉庫片づけといて

橋本　了解っす

川口　（阿部へ）てかお前なに入館証つけてないの？

阿部　あ、いや。あれなんでだ。（独り言のように）あ、ちょっとコート脱いでる時に外れて（みたいな）

川口、去っていく。阿部、入館バッジをつけずにポケットへ。

倉庫を片づけたりする。

阿部　あいつやべぇな

橋本　あ、そう？

阿部　うん。あー倉庫のなか臭過ぎる

橋本　ね、排水溝とかの管（くだ）あるし

阿部　絶対有毒なガス出てるわ

橋本　ああ出てそー

阿部　アスベスト使ってそう

橋本　あ、それ懐かしい

パイプからじょぼじょぼと排水が流れている音がする。

阿部　あ。上の階からしょんべんが流れる音

橋本　しょんべんとは限らんでしょ

阿部　服臭くなんだよな

橋本　そうか。え、その高い服大丈夫？

阿部　そうなんだよねー

橋本　てかその台湾の人と予定あるのに夜勤入れてよかったの？

阿部　まぁ会うの明日の朝だし

橋本　あー

阿部　俺今金ぜんぜん無いし。（服を摑み）これに使ったから

橋本　どこで買ったの？

阿部　なんか原宿で一年に二回だけ開いてる店

橋本　そういうとこ行くの？

阿部　ううん、偶然開いてて。ノリで買った

橋本　えーすげぇ、俺そういうことはできないな

阿部　なんか膝大丈夫?

橋本　ん

阿部　さっきから足

橋本　ああこれは。(笑う)ふぅふ、いや、なんか全然

阿部　挫(くじ)いた?

橋本　いや、なんてんだろ。(笑う)いや、お恥ずかしながら、なんていうか、うん、飛び込んだ

阿部　飛び込んだ?

橋本　うん

阿部　え、なんでそんなことすんの?

橋本　まぁ、いい絵が描けなくて的な

阿部　お?

橋本　ああ、いやなんだろう、なんつうかね、ああ、今美大の課題でさ

阿部　うん

橋本　なんか、油絵を描いてんだけどさ、まあいっちゃうと、くそつまらん作品なわけなのね

阿部　えーそうなの?

橋本　うんまぁ、そうねまじ、こんなん誰にでも描けるっつうか、五十番煎じぐらいのなんか、もう学費もったいねぇ的な

阿部　そんなに

橋本　まぁだから結構俺終わってるなって思って、ここ来る前、夕方に、ちょっと刺激になるかなつって、その、油画科の俺のアトリエが二階で、そのベランダから一階の廃材置き場が見えるんだけど、そこ飛び込んでみっかって

阿部　そこまですんの?

橋本　いやそんな高さないんだけど

阿部　美大生してんね

橋本　ま美大生だから

阿部　友達とか止めないの?

橋本　いや、それこそ今日来るはずの佐伯とか、超笑ってたよ

阿部　へー

橋本　あいつ飛び込んだことないくせにうまいから超腹立った

阿部　ていうかその人いつ来んの?

橋本　いやバックれたかもしれん。でもバックれはマジ良くないよな仕事なのにさ

阿部　そうだよな

橋本　まぁ俺もだけど、うちの美大は高いところから飛ぶ人多いっていうか、あのラーメンズの人も飛び込んだらしくて

阿部　へぇ卒業生なんだ

橋本　そうそうそれはクラブ棟だっけな、ラーメンズの人は結構高いところからいっちゃったみたいだけど

阿部　え、それで死んだの？

橋本　いや死んだらラーメンズやってないっしょ（笑う）

阿部　うん（笑う）

橋本　ま俺も結局ラーメンズの二番煎じですが

阿部　そういうのって飛び込んで分かったことあるか？

橋本　まなんだろ、ま思い出したっていうか俺中学生のときバスケ部で体育館の壇上から「生産性ゼロ」つって突き落とされたことあって。言ってなかったんだけど結構いじめられててさ

阿部　だよね

橋本　うん「だよね」は傷つくんだけど。ドリブルがめっちゃ下手で足で蹴っ飛ばしちゃうから橋本じゃなくて「あしもとピエロ」ってあだ名つけられてて

阿部　あぁ

橋本　まそれで部活休んで家でアニメの『フランダースの犬』の再放送をＢＳでずっと観てたんだけど

阿部　うん

橋本　で最終回で主人公のネロが、犬のパトラッシュと亡くなるときに教会でルーベンスの絵画を見るんだけど、「アヴェ・マリア」が流れてるシーンで。で「これを観れただけで僕は満足です」的な台詞言ってて

阿部　エモい

橋本　うんなんかすごい、中学の自分は感動して。そこから高校は定時制だったんだけど、なんか、絵画を描くのいいなって思って美大入って、みたいななんかを思い出せた

阿部　ええやん

橋本　うん。（笑う）だから今日は、とりあえず画材分のお金を稼ぐ的な
阿部　キリストの日に
橋本　あそうね
阿部　ていうか、他にバイトしてるの？
橋本　あーたまになんか、先輩から撮影のスタンドインのバイトとか紹介されて
阿部　へぇ
橋本　なんか俺の体格とか雰囲気合ってるらしくて
阿部　おお
橋本　テレビのバラエティとかのね
阿部　えースタンドイン？
橋本　ま撮影前に芸人の立ち位置に立って、仮で台本読むみたいな
阿部　えすごい、どんな芸人
橋本　ま自分はサンドウィッチマンの人なんだけど
阿部　ああー言われてみれば
橋本　そうそう
阿部　え、本物と入れ替わっちゃえばいいのに
橋本　ちょっと何言ってるかわかんないっす
阿部　おー
橋本　は、なんだそれ（笑う）
阿部　ええやーん、え俺もさ
橋本　ん
阿部　お笑い芸人になりたくて、高校3年の時
橋本　へー
阿部　今ので思い出して
橋本　ああ
阿部　でも才能ないなって思って普通に今の大学行ったんだけど
橋本　そっか
阿部　でも今はね、俺歌い手になろうとしてるから
橋本　えー歌い手？
阿部　そう、ニコ動で「千本桜」とか「初音ミクの消失」とか歌って
橋本　えーすご
阿部　今日もイヤホンで聴いて練習してきたから
橋本　あ、ようやく答えを知れた
阿部　あ今、こいつ歌い手になれなさそうって思ったでしょ？

橋本　えいやいや全然思ってないよ

阿部　んー。友達とか最近そのことめっちゃ弄（いじ）ってきて飲み会とかで

橋本　ええそうなんだ

阿部　お前にそれは無理だろみたいなマウント。ま絶対歌い手になるけど

橋本　えーでもさー台湾の人に歌披露するとかいいじゃん

阿部　ああなるほどね

橋本　台湾の人ってアニメとか好きな人多いイメージ

阿部　なるほど

橋本　あとはまぁクリスマスの歌とか

阿部　まぁ確かに

橋本　あクリスマスで言うともう一個、最近知ったのがあってさ

阿部　へぇ

橋本　……あでもこれは別にアレだな、伝えてもなんかちょっと（笑う）

川口、服を着たマネキンを持って入ってくる。

川口　おーいちょっと

橋本　あ、はい

川口　話してないで動いてー

阿部　……ほい

川口　（マネキンを受け渡そうとして）これ向こう持って脱がせとけ

橋本、マネキンをうまく持てず、上半身と下半身が分離する。

川口　おめぇだから足のほうを持つなよ

橋本　あ、すみません

川口　（阿部へ）お前は離れないように両方（上半身と下半身）摑んで

阿部　ほぉい

川口　はい、そうそのまま置いちゃって。ゆっくりねーすぐ割れるからな

マネキンを置く。

橋本　この服どうします？
川口　あーもうそれ廃棄だからもらっちゃっていいよ
阿部　え、いいんすか？
川口　基本だめだけど特別な、メリクリスマス（プレゼント）
橋本　えーあざっす
阿部　あざっす
川口　あー倉庫片づいた？
阿部　あーこんな感じです
川口　（倉庫を見て）おーいいじゃん、ありがとう。お前らはあれだな、背が高いと上のほうまで手が届くからいいね。ありがとう
阿部　……
川口　じゃあ俺、別のマネキン運んでくっから、それ解体してて
橋本　はい
川口　あともっと片づけててもいいから

川口、去っていく。阿部、入館バッジを胸につける。

橋本、服を脱がせていく。

橋本　とりあえず脱がすか
阿部　うん
橋本　（阿部に気がつき）あれ？（入館バッジを）つけてる？
阿部　うん（笑う）
橋本　え、つけれたの？
阿部　うーん、やっぱり、つけとかなくちゃとね
橋本　えいいのその服？
阿部　やなんか「ありがとう」とか言えんだな川口
橋本　あー初めて聞いたかも
阿部　あいつも考えてんだな
橋本　なに、どうしたの？
阿部　いや、やっぱ「ありがとう」っていう言葉って大事だよね
橋本　ええまぁそれは大事だよね
阿部　あ、服どうする？
橋本　あもらう？
阿部　あーどうしようかなって

橋本　あ俺はいいかな、多分これ着なさそうだし
阿部　俺もらっていい？
橋本　あぁ是非
阿部　ありがとう
橋本　うん
阿部　ありがとう
橋本　（笑う）えどうした？

川口、もう1体のマネキンを持って入ってくる。

川口　これもお願いね
橋本　あこれもバラして
川口　うん早くやって。それ終わったらイルミネーション撤去いくから
阿部　はい！
川口　（指示書を見て）あそうだその前に一階とエレベーターのポスター交換あるから一人来い
橋本　あ
阿部　じゃあ俺いくね
橋本　うん、じゃあこれ脱がしとくわ

川口と阿部、去っていく。橋本、マネキンを脱がしていく。

脱がし終わった2体のマネキンを絡み合わせて遊ぶなどを始める。

4――エレベーター

川口と阿部、ポスターを持って移動。

阿部　クリスマスっすね！

川口　？

阿部　お子さんに何かプレゼントしますー？

川口　……

阿部　……

川口　とにかく早く終わらせて

エレベーター前に着く。

川口　（階数を示す7ボタンの点灯を見て）まだ上に人いんな

阿部　上すか

川口　レストランフロアで残って飯食ってる客がたまにいるからとりあえず、7階まで登っちゃって。その間にエレベーターのポスター変えちゃって

川口、ジャラジャラと沢山ついている鍵を差し出す。

川口　これがポスターフレームの鍵ね、でそこの鍵穴に刺して

阿部　はい

その沢山ある鍵から一つを示し。

川口　でこれがエレベーター用の鍵ね。でエスカレーター用の鍵使うと抜けなくなるから絶対間違えないで

阿部　はい

川口　俺1階のポスター変えるからそれまでにやって

阿部　はい
川口　客が来たらいったん作業中断ね
阿部　はい
川口　鍵は絶対手放すなよ
阿部　はい！

　川口、他のところにポスターを貼りに去る。
　エレベーターが到着する。

音声　1階です。ドアが開きます
阿部　今何時だ……

　阿部、エレベータの中に入り、スマホで時間を見ようとする。
　その拍子で鍵を落とす。

阿部　あ！　あれ？

　どれがエレベーター用の鍵か分からなくなる。

阿部　あー多分これ、か？　うんこれだな、うん確か

　阿部、ポスター入れの鍵穴にその鍵を入れる。抜けなくなる。

阿部　あ……クソ、硬っ……抜けなっ
音声　ドアが閉まります

　エレベーターは7階へ移動を開始。
　阿部は抜こうと苦戦。7階に到着。

音声　7階です。ドアが開きます。

　エレベーターのドアが開く。
　客がいる。

阿部　あ、すみません、今どきますー……

　阿部のスマホに電話がかかってくる。

阿部　お。（電話に出る）あもしもしユンさん？　ああもしもし！　はい、日本の夜明け。うん……え、風邪ひいた？

阿部、咄嗟にエレベーターの外に出る。

阿部　え、大丈夫？　ああ……うんうん……それはうん、休んだほうがいいか。あーいけないかー

音声　ドアが閉まります

エレベーターのドアが閉まる。1階に向かう。

阿部、気がつく。

阿部　あっ。（電話へ）ちょ、ちょっとごめん、あの追って、すぐ電話するから、ちょっとごめん、ほんとごめん

阿部、ボタンを連打。だが開かない。

阿部　……

ダッシュで階段を降りていく。

何度かエレベーターより先回りして止めようとするが止まらない。

エレベーターは1階に到着。その前には川口がいる。

音声　一階です。ドアが開きます

エレベーターから客が降りていき、ささったままの鍵とポスターが置いてある。

川口　は？　は？

阿部、合流しエレベーターの中へ。

ポスターと鍵を確認する。

阿部　はーよかった

川口　ばかやろう

川口、阿部の頭を叩く。

川口　鍵手放すなよ！

阿部　え

川口　なにやってんだいいから、いい、いい、どけどけ、下がれ、いいから下がれ、やるから、やるからお前どいとけ

川口、鍵を抜き、ポスターをすぐに入れ替える。
阿部、エレベーター前に立っている。
作業を終えた川口、エレベーターを出る。

川口　（阿部へ）そこどけよ通るところだろアホ

川口、阿部を押し退けて出る。

阿部　……

川口　しっかりしてください

阿部　いや今いろいろ重なって

川口　いいからさ、倉庫の橋本呼んできて

阿部　あ、電話します

川口　地下だから電波繋がんねぇからあそこ

阿部　いや地下だからって……

川口　いいから行ってください早く行ってください。あとペニシリン持って入り口前に来て。次は絶対忘れんなよ、お前本気で気をつけないと絶対に変わらないタイプです

阿部　はぁ

川口　忙しい時に限ってこういう……あー

川口、去っていく。
阿部、倉庫へ。橋本と合流。

阿部　橋本くん

橋本　あ、次どうするって？

阿部　よくここいられるな

橋本　あそうだね、なんか臭いは慣れちゃってるな

阿部　あー

阿部、入館バッジを引っ張る。

阿部　ああ！

だが取れず、針を外す。

橋本　え、いいのその服
阿部　いやーひどいね。ひどい
橋本　ええなに？
阿部　いや、俺が発達のあれかもしれないけど
橋本　え大丈夫
阿部　あああ川口、終われ。消えろー
橋本　ええ

阿部、鼻血が出ている。

阿部　うわちょっと鼻血出た
橋本　まじで大丈夫？
阿部　ちょっといや、血が上りすぎた。（鼻を吸う）くそだ
橋本　ちょっと待ってね、俺ティッシュ出す
阿部　あいやごめん、大丈夫、すぐ固まる（鼻を吸う）
橋本　え、なにあったの？
阿部　いやちょっともう俺は絶対ああはならないわ。絶対。ごめんね
橋本　いやいや
阿部　あいつって、たまに口半開きのところあるよな
橋本　えああ
阿部　顎が弱いっつうか、だから口が乾きやすいんだよ、だから川口なんだな（笑う。鼻を吸う）
橋本　あっ、あー
阿部　川口な。（鼻を吸う）やー一人だとさああいうのダイレクトで食らうけど、こうして二人だと冗談っていうかディスをさ（鼻を吸う）
橋本　そっか
阿部　（スマホを見ると圏外）あー圏外。くそ本当だ（鼻を吸う）
橋本　あーなんかあった？
阿部　いやまず夜勤の正社員には絶対ならないわ、狂うわ人格終わる
橋本　あー
阿部　え、どう思う？

橋本　ああ俺はまぁ、俺はまぁ好きっちゃ好きだけど
阿部　ああ
橋本　うん
阿部　いや、川口の話なんだけど
橋本　え、ああまぁ川口さんはなんか、言葉強いよね
阿部　だからバックレが大量発生すんだよ（鼻を吸う）

阿部、マネキンが来ていた服を着始める。

橋本　（もう一つの服）あ、そうだ俺こっちもらうね
阿部　うん。外寒いし厚着してもいいかも
橋本　確かに

橋本も服を着替え始める。

阿部　え？　就活って考えてる？
橋本　いや。（笑う）俺は作家一本だから
阿部　そっか美大は画家とかでフリーランスか
橋本　うん。教授に気に入ってもらってるから、助手とかにもなれそう
阿部　いや、まじで就活頑張ろう
橋本　あもう就活中？
阿部　そうそう。大手狙ってるから。（鼻を吸う）あーてかさ、子ども二人いてクリスマスに夜勤やらせる会社とかやばいよな普通に
橋本　ま確かに
阿部　なんかもう川口とか、どうしてここで仕事してんだよな
橋本　え相当イライラすることあった？
阿部　うん帰りたい
橋本　あー台湾の人も待ってるしね
阿部　……いや（鼻を吸う）
橋本　え？
阿部　いや、あーいいやもう、なんでもいいや。明日の朝はワンコの散歩でもするか
橋本　え、ワンコいんの？
阿部　うん小型犬の、保護犬で、「ここあ」って名前の
橋本　えー「ここあ」ちゃん。いいなぁ
阿部　やまじでここでクリスマスは二度と迎えたくない
（鼻を吸う）

橋本　同意だわ
阿部　もう「ここあ」と過ごしたい（鼻を吸う）
橋本　ねぇ、やっぱティッシュ
阿部　いい、いい、いい、大丈夫、奥までいった
橋本　あ、そう？
阿部　うん。あー家で録音してぇ（鼻を吸う）
橋本　ああ
阿部　今度コミケとかで歌ってみたのＣＤとか出したいんだよね
橋本　えいいじゃん
阿部　そういうのもやりたくて
橋本　あじゃあ俺ジャケット描こうか？
阿部　うそ
橋本　マジ。あ、でももっと上手いやついるからな（笑う）
阿部　なに
橋本　それこそ佐伯とかはガチだからさ
阿部　ええ橋本くん描いてよ
橋本　あでもまぁそうだね、佐伯は完全に美術って感じだし
阿部　もう美大生に描いてもらえるだけで

橋本　やいや（笑う）……あー、ちなみにさ、

橋本、スマホを見せて。

橋本　こういうのを描いてんだけどね
阿部　へぇーいいね（鼻を吸う）

阿部、10年後の阿部になる。
橋本、スマホをしまい、10年後の橋本になる。
阿部、スマホを見ている。

橋本　それは？
阿部　あー上の子ども
橋本　今何歳だっけ？
阿部　4、いや、5歳なった

阿部、スマホをしまう。

橋本　あー……さてじゃあ今日も作業始めますか

5——現在①

時間が現在となる。

阿部　うん
橋本　ああ阿部くんはそうか
阿部　ん？
橋本　今日からこっちで新人見るんだっけ？
阿部　そうそう新宿のほうが担当辞めたから
橋本　あそうなんだ
阿部　急な引き継ぎ

清水が入ってくる。

清水　あ、お疲れさまでーす
橋本　お疲れーっす
阿部　お疲れ
清水　あ、どうもー
橋本　あーす、よろしくー
阿部　あそっか、橋本初めてだっけ？
橋本　そうそう俺、最近事務所戻ってないから
阿部　（清水へ）じゃあちゃんと
清水　あ、今年から新入社員で入社しました清水です
橋本　ああ初めましてー
清水　あ、メールで一度ＣＣで連絡してもらったことあって
橋本　あー、その清水くんか
清水　そうなんです
阿部　こいつも橋本と同じ美大出てるよ
橋本　あ、へー
清水　はい、そうらしくて。
橋本　え、学科は？
清水　あ芸術学科です

橋本　芸学ねーうわ懐かしいな

清水　先輩は

橋本　ああ油画だった俺

清水　えめっちゃ倍率高いところじゃないすか

橋本　もう卒業したの10年ぐらい前だから

清水　へぇ

阿部　俺と一緒にバイトしてたから

清水　あそうなんすか

阿部　そう、そっから社員誘われて

清水　へー

阿部　この作業着なんてもう10年ぐらい着てるよね

橋本　そうだよね、意外に使いやすい

阿部　ていうかさ、こいつなんか川口に似てるよね

清水　川口？

橋本　あー言われてみりゃ確かに

清水　え、誰っすか？

橋本　俺らの先輩

　阿部、スマホを弄る。

阿部　一年ぐらい前に辞めたんだけど、その理由が笑えて。（スマホの動画を見せる）これ

清水　え、これなんすか？

阿部　これあれ……ガストの、猫の配膳ロボットに、ほら今、飛び乗ってはしゃいでるガキいるでしょ。「乗れた！」とかほざいてるこれが川口の子どもで小学生の

清水　ええ？

阿部　これ撮影してんのが川口のもう一人の中学生のガキなのね。そいつがネットに上げちゃって、ガレソに取り上げられて炎上してんの。それで親のことも晒(さら)されて、それで川口辞めた

清水　ええまじすか

阿部　ま川口の子どもってなんかイメージ通りだよね

橋本　ああ

阿部　若者もこういうSNSとか気をつけて

清水　あー、俺そういうのは大丈夫っすね

阿部　気をつけろよお前川口に似てるから

清水　え、どんな理由すか（笑う）

阿部　まいいや、じゃあ先ずマネキンから片づけて
清水　あ、すみません阿部さん、一つ
阿部　はい
清水　これ追加の指示書っす
阿部　は、いや聞いてないんだけど
清水　いや今日じゃなくて、まだ先のクリスマス撤去と新規設営のやつで
阿部　なんでお前持ってんの？
清水　あ、事務所から今日大船行くならついでに渡しといてって言われて
阿部　えーなになに

阿部、指示書を受け取る。

清水　あ橋本さんも

橋本、指示書を受け取る。

橋本　……
阿部　何これめっちゃ多いな
清水　あやっぱそうっすよね
阿部　そうっすよじゃねぇよなー
清水　あぁ
阿部　6時超えるぞ多分。え、なにヘルプ新宿から呼べんの？
清水　や、新宿もやばいみたいで
阿部　えー
清水　大船はバイトどんぐらいすか？
阿部　いや全然減った

橋本、指示書で大学の同期が展示予定だということを知る。

阿部、スマホに電話がかかってくる。

阿部　（着信相手を見て、電話に出る）あ、どうした。ああ、うん。え、今に？　え、あちっと待って、うん、待って

阿部、その場から離れて電話しにいく。

清水　あ。橋本さん？
橋本　はい
清水　（指示書を見せて）この人のこと知ってますか？
橋本　え？
清水　あ、レストランフロアの下のギャラリーの、そこで26日から展示する、画家なんですけど。佐伯っていう
橋本　あー
清水　今二科展とか入ってきてる人で
橋本　あ、そうだよねー
清水　画壇の、なんか最近売れ出した人っすよね
橋本　ああ、まぁね
清水　大学の冊子にもこの人のインタビューとか載ってました
橋本　え、へぇーそうなんだ？
清水　そうですね
橋本　へぇえ
清水　10年前に卒業だから歳近いっすよね
橋本　あー、まぁそうね、うん、まぁ、同期だね、一応
清水　え、そうなんですか？　あ、そっか油画科だから
橋本　そうそう、まぁなんか、頑張ってるよねめっちゃ
清水　ええすごい
橋本　まぁ、あれよね、ま、一緒のアトリエにいたんだけど、才能はまぁそん時からあったっつぅか。まぁ、このバイトばっくれたことある、絵以外はダメなやつで

清水、橋本の肩に手を置く。

橋本　お？
清水　あ、すみませんちょっと立ちくらんで
橋本　大丈夫？
清水　はい、あの疲れるとこうなるんで
橋本　ああまぁそうだね、それはまぁ先輩の肩を借りてもらって
清水　へぃ。あ、話し続けてください
橋本　え
清水　あはい、続けて
橋本　……あ、まそいつは結構なんか、大学時代から自分の絵に社会風刺的なのをよくいれるタイプ

だったね。まぁなんか、戦争とか大きめな事件とか。そういうのが世間にうけた的な？　まぁ俺は全然いいと思うんだけどね

清水　ああ

清水、橋本の肩から手を離す。

橋本　大丈夫？

清水　あ、大丈夫っす

橋本　うん。それでまぁ、基本はなんかネットとか本から引っ張ってくる情報をコラージュする的な。まぁでもなんかそいつ実家がめっちゃ太いから、うん。だからなんてんだろう、安全なところから話題な事件についてを取り入れて絵にして、結局権威とお金大事ですよーみたいな。ま、人気だから全然いいんだけど、俺も別に気にはしてないし

清水　ああ

橋本　まそいつの親も割と有名な画家だから二世的な

清水　あ、そうっすよね

橋本　そうそう、だから基本美術界隈って実家のデカさに成功のデカさが比例するから。そこらへんがまぁクリシェだよね、まぁ俺は全然いいと思うんだけど

清水　っすか

清水、橋本の肩に手を置く。

清水　あー

橋本　ああ、まぁ先輩の肩借りてもらって

清水　え、好きですかこの絵

橋本　え

清水　佐伯、さんの絵

橋本　うーん……ま、好きかな。うんまぁ別に、そんななんか、俺はまぁ関係はほぼ多分ないっていうか

清水　え、橋本さんは絵を描かないんですか？

橋本　んー、ま今は俺、この仕事でもう十分っていうか、かなり今の仕事好きだからっていう、（肩に置かれた手に関して）ちょ、ちょっともうこれ、

いいかな？　なんかこれあの下のほうに下がってくるとくすぐったくて

橋本、清水の手をやんわりと退けるようにする。

清水　あ、すません

橋本　うんそうだね座ったりとか

清水　あ……はい、そうっすね、うん、あ、もう復活しました、すません

橋本　あそうなの？

遠くから阿部の大きな声がする。

阿部　だから、だからそれをなんとかして。それを今やってきてるわけだから、今言わないでもらいたいってことは分かってくれってことだから、本当に理解してそれは。足りてねぇだろどう考えても

阿部、電話を切って戻っていく。

清水　え、大丈夫すか

橋本　ああ

清水　え、バイトにキレてるんすか

橋本　ああーいやそうかな

清水　ていうか噂で聞いたんですけど

橋本　うん

清水　あの人休憩中にトイレでシコってるって本当ですか？

橋本　……え、誰から聞いた？（清水が橋本の肩に手を差し伸べる。それに気がつき）え、え、ああまた乗せる？

清水　え、ああいや

橋本　まぁ別に俺先輩だけど、うん、まぁそれはいいけど

清水　あ、いやなんか肩にゴミついてたんで

橋本　ああそう、ああ、ありがとう

清水、橋本の肩を何回か叩くようにしてゴミを取る。

阿部、合流。

阿部　ああ、お待たせ
橋本　え、大丈夫だった？　なに、バイトの子？
阿部　ああ、いや。自分の奥さんに
清水　奥さん？
橋本　あ、結構こんな夜に
清水　え、パートナー待ってるのに帰らなくていいんですか？
阿部　ん？
清水　パートナー
阿部　え、じゃあなにお前代わりにやってくれる？
清水　あ、まぁそっすね、できることがあれば
阿部　いやだってお前まだ全然だろ
清水　えー……いや、まぁ（笑う）
阿部　うん？　なに
清水　いや
阿部　つーかあれは、お前の後輩のバイトは？
清水　あ、そっか
阿部　え、そっかってなに？
清水　あいや、入口のラベル貼り行ってます
阿部　えなんでお前見てないの？
清水　や、そいつもうかなり慣れてるんで
阿部　慣れてるとかじゃなくて現場にいなきゃだめじゃない
清水　ああ俺、他の作業やったら時間短縮できるんで
阿部　や決まりだからさ
清水　や、でもなんか。前にその辺りは柔軟にやって的な
阿部　やラベル貼りはバイトに任せんなよ
清水　や彼も美大生で丁寧っていうか
阿部　や美大生だから危険なんだよ。やつら誰もいないフロアとかだと突然「天才てれびくん」とか歌い出すから怖いんだよ。いろいろ、やべーだろ
清水　や彼はそういうことしないな
阿部　あほんと？
清水　ほい
阿部　あじゃあそこまで言うなら信じるわお前の言うこと
清水　ああ、あざす

阿部　んなんか気になることある？

清水　やないっすー

阿部　じゃあはいお前の作業戻って

清水　はぁい

阿部　え、まじで信じるからね俺お前のこと

清水　あ、はい

清水、エレベーターにポスターを貼りに去ろうとする。

阿部　あこれ鍵

阿部、清水に鍵を渡す。去っていく清水。
橋本、指示書をずっと見つめていた。
清水、エレベーターへ。ポスター交換を始めようとする。
だが鍵が抜けなくなってしまう。
清水が苦戦している間に以下セリフ。

阿部　なんか大丈夫かあいつ

橋本　んー

阿部　フワフワしてんだよな

橋本　ま新人だとね

阿部　ていうか懇親会で休み申請してきてさ

橋本　ん

阿部　あいつ

橋本　えなんで？

阿部　多分飲み会で出し物やらされるって思ったからじゃない

橋本　ああ噂されてんだ

阿部　俺たちの代で終わりだったって言ってんのに信じねぇの

橋本　そっか

阿部　橋本は結局出し物しなかったけど

橋本　や、急にインフルになったからそれはさー

阿部　は。（笑う）あーあいつも多分もうすぐ辞めそうだな

橋本　ああ

阿部　元の自分から変わる気がないからね

橋本　ふっ

阿部　卒業してもアーティスト活動続けてるとかあいつ言ってんだけどさ

橋本　え
阿部　清水
橋本　えなんの？
阿部　知らない。頑張っていいけどそれよりも仕事頑張れよなあいつは

清水、橋本に電話をかける。
橋本、かかってくる電話に出る。

橋本　……はい
清水　あ橋本さーん、清水ですー
橋本　あー清水くん？
清水　すみませんちょっと、ＣＣのメールから連絡しちゃって
橋本　いえいえ
清水　ちょっとあの、エレベーターまで来ていただいてもいいですかね……
橋本　あなんかあった？
清水　いやちょっと聞きたいことがあって
橋本　あー、じゃあとりあえず行きまーす（電話を切る）
阿部　どした
橋本　なんか清水くんに呼ばれて
阿部　んー？　じゃ俺清水のとこ行くからさ、橋本は外のエスカレーターの天吊り設置しちゃってていいよ
橋本　あーオッケー
阿部　うん
橋本　あれでもあれかな
阿部　ん？
橋本　美術関係かな？
阿部　なんで。清水の？
橋本　……あ、いやいいいや、任せた

橋本、エスカレーターのほうへ向かう。
阿部、清水がいるエレベーターのところへ。

阿部　どした
清水　（阿部に気がつき）あ。あれ？

清水、抜けなくなっている鍵を隠している。

阿部　なんか呼んだんでしょ?
清水　いえ……あれ?
阿部　橋本に今さっき連絡して
清水　あ……いえ別に
阿部　え連絡したじゃん
清水　あっ、もう解決しましたー
阿部　ん?　じゃ、なんで連絡した?
清水　あ連絡した後に解決したみたいな
阿部　あそうなの、何あったの?
清水　や別に
阿部　いやなんの問題があったのって
清水　いや本当に大丈夫なんで
阿部　いや
清水　いや本当に
阿部　いやだからまず教えろよその何があったのかっ
　ていうのを
清水　いやこれは本当になんか
阿部　つうかポスター変えちゃって早く
清水　はい、それははい
阿部　うん
清水　はいそれは
阿部　いやなにちょっとどいて?
清水　いや自分で
阿部　いいからどけお前いいから

清水、鍵が抜けなくなっているのがバレる。

阿部　ばかやろう

阿部、清水の頭を叩く。

阿部　ほらお前やっぱりミスってんじゃん抜けてねぇ
　じゃん
清水　いや
阿部　なに隠したかったの?　なんで?　恥ずかし
　い?
清水　いや……

阿部、鍵を抜き取る。

阿部　だからほらエスカレーター用の鍵じゃんこれ、またやったなお前

清水　……あー、いや

阿部　だからお前あれか橋本に連絡したんだろ俺に怒られたくねぇから

清水　いや別の

阿部　ダサいから嘘つくな

阿部に電話がかかってくる。

阿部　ん

阿部、スマホを見る。着信相手を確認。

阿部　（溜息）あーっ……今なんでこれ

清水、その隙に阿部から見えない位置で手をピストルの形にして、頭を撃ち抜くようなポーズをしれっとバレないようにとる。

阿部　はぁ……（スマホの着信を無視して下ろし、阿部に気がつく）うん？

清水　（何事もなかったかのように誤魔化す）……

阿部　お前今……手の形、ピストル……

清水　……え？　ハイ

阿部　ハイじゃねぇだろお前。ピストルやってただろお前

清水　え？

阿部　いやピストル。指で。俺に向けてただろ

清水　あっ、あーいや……え、いや肩掻いてただけっすけど、指で……

阿部　なんなのお前さっきから

清水　いやいや、マジで痒いところ掻いて

阿部　……

ポスター交換をし、エレベーターから降りていく阿部。続いて清水。

阿部　あのさ、別に俺にムカつくのはいいんだけど、

エレベーターの中でふざけんのはやめろよ

清水　え？

阿部　っていうかお前エレベーターの中で橋本に電話したってこと？

清水　はいそれは

阿部　なにしてんの

清水　いや鍵さしっぱだから

阿部　うんだから最初から鍵をチェックしろや

清水　まぁそうなったから助けを呼んだんすけど？

阿部　まぁじゃねぇだろ、なにお前キレてんのさっきから

清水　え……そっちがキレてんじゃないですか？

阿部　えお前自分がやったこと自覚してないからそういうこと

清水　（遮る）ちょっと

清水、立ちくらみで阿部の肩に寄りかかる。

阿部　は？

抱きつく。

振り払われる。

阿部　いやお前なんなの！

清水　すみません、これガチで今立ちくらみきて
……

阿部　いやふざけんなって

清水　ちょっと、今はマジで……

阿部　あ！　あ、なに!?

橋本、エスカレーター付近で倒れている人を見つける。

橋本　もしもし……大丈夫ですかー？　もしもーし、大丈夫ですかー？　もしもーし、もしもーし（返答なし）

橋本、阿部に電話する。

阿部、電話に出る。

橋本　あ、もしもし？

阿部　はい

橋本　あなんか今外のところで倒れちゃってる人いて

阿部　ああ、こっちもなんか倒れてるやついるわ

橋本　え

阿部　（清水へ）ちょっとお前なぁ、これどっちなんだ。本当にやばいのかお前これ

清水　すみませーん……

橋本　え、大丈夫そっち？

清水　はぁっ、はぁっ、はぁっ、はぁっ！　すみませーん！

阿部　お前これ本当だな、本当のやつなんだな？

清水　すみませーん……！

橋本　え、清水くん？

清水　あーだめだー……！　ほぁっ、ほぁっ、ほぁっ

橋本　え大丈夫そっち？

阿部　（清水へ）いいから話すな、声出さなくていいから

清水　いやもう声出さないと辛くて……！

阿部　出さなくていいから！

阿部、清水を持とうとする。重くて持てない。

阿部　重い！

清水　もうだめだ……だめだ……もうだめだ

橋本　阿部くん！

阿部　ちょっと、そっちはそっちでこっちはこっちでいいかな

橋本　え、でもちょっと待って、こっち結構なんかやばいかも

阿部　（清水へ）ちょっと、ちょっと立てるかお前？

清水　（立ち上がりつつ）もうだめだ……もうだめだ……もうだめだ……！

阿部　え立てんの？　どっちなん？　立てんの？

橋本　（倒れている人へ）え、ちょっと立ち上がって大丈夫ですか？

清水は阿部に、倒れている人は橋本に寄りかかる。

橋本　ちょちょちょ
阿部　無理すんなお前、無理すんなって！
清水　お前らのせいだもん……
阿部　あ!?
清水　おまえらのせいだもん!!
阿部　移動するぞお前いいからおい！
清水　おまえらの……せい……で……

清水と阿部、去っていく。
橋本に寄りかかった倒れている人がマネキンとなり、
橋本はそのマネキンを片づけ始める。
10年前に戻る。

6――過去②

卒業制作講評後の橋本。

マネキンの片づけを終える。立春フェアの設営を始める。

遅れて阿部が来る。二人で設営を始める。

阿部　橋本くーん

橋本　おお、お疲れー

阿部　町田のほう終わった

橋本　えーすごい、ありがとう

阿部　あれ、また今日もそれ？

橋本　ああ。なんか着やすくて。阿部くんも

阿部　そうそう、なんか俺もこれ馴染んで

橋本　え、卒業できそう？

阿部　できるよそれは

橋本　そうか

阿部　そっちは？

橋本　あーできるけど……卒制の講評はあんま良くなかったな

阿部　どんな絵描いたの？

橋本　いやー絵っていうかね、インスタレーションみたいな

阿部　んー

橋本　そう、なんか立体物。絵はなんか描かなかった

阿部　佐伯って人はどんなの描いたの？

橋本　あーあいつは優秀だから。すげーなんか、社会に対する風刺的な、油絵界ではなかなかいない若い才能爆発みたいな反応で

阿部　へぇー

橋本　なんかさー、今まで俺のことめっちゃ評価してくれた教授とかがさ一気にあいつのこと評価し始めて、うわーっていう感じになったんだよね

阿部　あぁー
橋本　までも一応、同期だから接しはする感じで、でさっきまで佐伯と、夜勤の前まで一緒に江ノ島にいてさ
阿部　そうなの？
橋本　そうそう卒業前に冬の海でタバコ吸おうぜとか言って
阿部　結構友達なんだ
橋本　まぁあいつとは友達だけどなんだろう、なんかあいつは……完全に俺にないものを持ってるから、おもしろいっちゃおもしろいみたいな。でもなんだろうな、基本あいつ優しいからさ、俺の作品のことは褒めるというかね、なんか、悔しいけどなんか褒めるんだよなあいつ
阿部　んー……江ノ島ねー
橋本　うん……あれ、そうだ台湾の人
阿部　台湾、あー、特になにも
橋本　あー
阿部　やーうまく行きそうだったんだけどね
橋本　あそうなの

阿部　そうそう食事とかは行ってね
橋本　えいいじゃん
阿部　いや、そう良さげだったんだけど
橋本　うん
阿部　なんだろうな日本人だから俺のこと好きなのかなみたいなの考えちゃって俺が
橋本　え別によくないの？
阿部　いいんだけどやがて面倒になる気があって、んぅ俺の自信のなさかな、うん、そうだ。うん、その子はね、やっぱり日本に来てるっていうのもあるけど、当然出来すぎちゃうんだよね俺より
橋本　向こうのほうが
阿部　そうそう、使える言語もだけど頭がいいっていうか就活もすげぇすんなりだったし。そう、だから俺は自分から自分のこと話すことなくなるみたいな。ていうかモテるんだよね女版リトさんみたいな
橋本　あー
阿部　まぁ後悔はあるなー、趣味の話は盛り上がったし
橋本　そっかぁ

阿部　ていうかあれだ、結局ジャケットのイラスト
橋本　ん？
阿部　俺の、コミケの
橋本　あー忘れたね
阿部　もう一年ぐらい前だよね
橋本　ごめんなんか描かなくて、ていうか曲も送って
くれてないような……
阿部　……ああ、でもいいよ別に。コミケをキャンセル
したし
橋本　そうなの
阿部　そうそうもう、引退して
橋本　歌い手を
阿部　俺の世界観はもう到達したかなって思って
橋本　えー歌い手の
阿部　うんもういろいろなんか言われんのも疲れたし。
そっちの進路は？
橋本　あー進路？
阿部　うん、橋本くんの世界観はどこまで？
橋本　うん歌い手の世界観とはまた違うと思うんだけ
ど、ああ……一応ね、就職なんだけど

阿部　おお、あ、そうなんだ？
橋本　そうそう
阿部　え、どこ？
橋本　いや、ここなんだけど……

橋本、入館バッジを示して。

阿部　え、マジか
橋本　うん……なんか実は正社員で誘われて、やって
みるか的な。好きだし
阿部　おお……え、なんか嬉しいわ

阿部、入館バッジを示して。

橋本　え、阿部くんも？
阿部　うん。（笑う）……誘われるのって本当に嬉しい
よね
橋本　え、マジで阿部くんも？
阿部　そうなの、4月からここ（笑う）
橋本　えーマジかマジか一緒は嬉しい

阿部　ねー、マジで働く場所見つかって助かった
橋本　だよね俺も好きな仕事しながらだったら作家活動続くなーみたいな

川口が入ってくる。

川口　おーお疲れー
橋本　あー川口さんおはようございますー
阿部　川口さんおはようございまーす
川口　うんなんていうか、二人とも、4月からよろしくお願いします
橋本　ああはい、あらためてそれは
阿部　こちらこそそれは
川口　うん。なんかまぁ、やることはバイトの時と大きく変わるのが責任を大きく伴うってことだから、その辺は、しっかりしてください
阿部　はい
川口　あと最近はSNSとか、勝手に上げちゃうと大問題になるんで、そこらへんは特に気をつけて。まぁそんな馬鹿いないと思うけど。あとうちはね、基本バイトが足りてないから、やっぱり大学生の後輩とか、あとフリーターの人とか人員もっと呼んでくれると助かるから
橋本　はい
阿部　ああ、じゃああの人に
橋本　ん？
川口　まぁ使える人材呼んでくれると
阿部　あ、じゃあだめか（笑う）
橋本　ええ？
阿部　佐伯さん
橋本　あー佐伯ね
川口　あの子はちょっと、別世界で生きたほうがいい感じがするから呼ばないでもらって
橋本　……んは（笑う）
川口　じゃちょっと休憩ね
阿部　あ、はーい

休憩所に移動する。川口と阿部、タバコを吸い、吸いながら話す。

川口　さっきさ、外の、外壁フラッグ前で喧嘩してた二人組の奴らがいて

阿部　はい

川口　で片方が、相手のスマホ奪って、地面に叩きつけて、パァアンって

阿部　ええ……

川口　で、散らばった部品がそのまんまで、こっちが掃除してさ

阿部　最悪っすね

川口　掃除する手間考えろよな……あとあれだお前ら、全然先なんだけど新人だからちょっと懇親会で出し物やってもらいたいんだけど

橋本　え、なんすかそれ

川口　ま、別にこれ強制じゃないからやらなくてもいいけど、やったほうがいいかな？

橋本　あー

阿部　えどんなのですか？

川口　なんでもいい、ウケればいいから

阿部　え、川口さんはどんなのやったんすか？

川口　まぁ俺は結構簡単な方で「入隊式〜」っつってみんなの目の前でバリカンで丸坊主にしたんだけど

橋本　それ簡単なほうなんですか？

川口　まぁ、やって。考えてもらって。あ火を使うのだけはNGね

阿部　それ以外は

川口　うん怪我と死ぬこともNGね

阿部　あーはい、やります！

橋本　え、マジかすげぇな（笑う）

川口　（阿部へ）じゃあお前あれやればいいじゃん、クリスマスの撤去でめっちゃウケたやつ

阿部　え、あれすか（笑う）

川口　そうそう（笑う）。いや、あれやるまでお前がそんなにやるやつだと思ってなかったわ

阿部　はい（笑う）

橋本　えすみません俺それ知らないんですけど、何があったんすか？

川口　あれお前いなかったっけ？

橋本　そうっすね、この前の撤去はおらずで

川口　朝4時にツリーの搬出トラック来るじゃん

橋本　あ、はい

川口　そんでクリスマスのツリー撤去の時はさ、毎年トラック来るのを知らせるために曲流れるだろ

阿部　アヴェ・マリア

橋本　ああ、はい

阿部　橋本くんも好きっていってた

橋本　ああフランダース

川口　その曲流れてるときに、急に歌詞歌い出してさ（笑う）

阿部　けへ（笑う）。そうそう、阿部・マリアだから（笑う）

橋本　ああ

川口　や（笑う）。それでさ、トラックの運転手に何かお礼してつって俺が言ったら「阿部ですマリアです、歌います」とか言い出して（笑う）

阿部　やテンション上がって歌っちゃったわ（笑う）

川口　あれはアホすぎたわ、アホ中のアホだわ（笑う）

阿部　やーちょっと喉勝手に動いたっすわ（笑う）

川口　んかかぁっ！（笑う）

橋本　かなりその場にいないと分からないおもしろですね、それ

川口　お前のあれ、俺動画で撮ってたんだけどさ、帰って子どもらに見せたらめっちゃ笑ってた

阿部　ええー！

川口　すげんだよ、お前のこと真似して動画とか撮るようになってさ。超気に入って（笑う）

阿部　えー嬉しいっすねー！

川口　あーおもろ……だから橋本も頑張って。社員になったら受ける洗礼だからこれ

橋本　やーむずいっすねぇ……

阿部　橋本くんはあれあるじゃん、本物と入れ替わるやつ

橋本　（反射で）ちょっと何言ってるか分からないですね

川口　お前それやりすぎだからやめて。別のにいってみてほしいわ

橋本　え、あ、そっか、はい

川口　うん。まぁ強制じゃないけど、やって？　じゃあ休憩終わりね

阿部　うーい

川口　今日もトラック来るまで余裕あるけど早く終わらせて

阿部　しゃっ

川口　でも油断すんなよトラブルっていうのは一気に重なる時あるから

川口、去っていく。橋本、スマホを眺める。

阿部　橋本くん

橋本　……あ、ちょっと待って（ツイートを読んでいる）

阿部　早くいくよ

橋本　まじちょっと待って……ちょっと……リツイートだけ

阿部　（少しイライラ）休憩終わったよー

阿部、去っていく。橋本、そのツイートを見続ける。

橋本　（笑う）……ふ……佐伯

リツイートする。スマホをポケットにしまう。

10年後になる。

7――現在②

阿部が戻ってくる。

阿部　橋本ー

橋本　はーい

阿部　ごめん電話終わった。じゃあツリーの設営始めっかー

橋本　うん

ツリーの設営を始める阿部と橋本。

阿部　（鼻歌で「アヴェ・マリア」を歌っている）♪

橋本　もうこんな季節か

阿部　はぇえなー一年が

橋本　クリスマスプレゼントとか考えてんの？

阿部　プレゼント？

橋本　お子さん二人の

阿部　何にしたもんかねぇー

橋本　俺からも何か送ろうか？

阿部　……やー大丈夫。ちょっとまだなんかねー色々難しいんだよね。上の子はさ幼稚園でガラス割っちゃったり問題起こしてるみたいで

橋本　ええ

阿部　まぁ幼稚園が合わないっていうか、成長の段階でちょっと

橋本　え、そうなの

阿部　うん正直まだ原因ははっきりとは分からないんだけど

橋本　えー、そうか

阿部　前から疑わしいとこはあったんだけど、それが環境のせいなのか自分のせいなのか分からなくて……で下の子が産まれたのもあって

橋本　うん
阿部　いろいろやること増えて
橋本　うん
阿部　今みたいな時間にも嫁から電話かかってくるし
橋本　そっか
阿部　こっちも大変なんだよ
橋本　まぁ両方ね
阿部　……この時期だとユンさん思い出すわ
橋本　……ああ
阿部　でも最悪さ川口のガキみたいな子に育たなきゃいいから。（笑う）人様に迷惑かけない子になってくれればね（『アヴェ・マリア』鼻歌）♪

ツリーの設営を続けていく。

阿部　あ、清水がさー
橋本　おお
阿部　来週の撤去の日に復活すんだって
橋本　大丈夫なの？
阿部　知らね、本人がもう早く出たいですとか言ってるらしくて

阿部、指示書を確認。

阿部　あーマネキンしまうの忘れてんな
橋本　B1倉庫？
阿部　うん。あー俺運ぶよ。電話してた分作業してないし
橋本　手伝うよ
阿部　や大丈夫。（独り言）あーなんで忙しい時に限ってこんな重(かさ)なんだよ

阿部、橋本を無視し、マネキンを運んで去っていく。
ツリーの設営が終わったのち、クリスマス撤去の日となる。
清水が登場。

清水　復活しましたーっ
橋本　ちょっと本当に大丈夫？
清水　すみません今日遅くなっちゃって

橋本　いやいや、ツリー撤去に間に合ってくれたのは本当に嬉しいけど

清水　いやもうめっちゃ元気なんで、ふぅー（強めの息を吐く）

橋本　本当に無理しないで

清水　やーちょっと、休みもらってる間にいろいろ……考えることがあったんで俺もアーティストとして

橋本　ああ、そうなの？

清水　や明日からっていうか今日から、佐伯さんの展示始まるじゃないですか？

橋本　あそうだね、ギャラリーのほうはもう……搬入終わってるみたいで

清水　や、これからその人の展示の告知の、大幕を張るのって、ああこういう企業が？　大々的にやっちゃうのってどうなのかな的な

橋本　え、なんだ？

清水　いや……橋本さんも前言ってたとおり……ああいうのが評価されるとまずいと思うんっすね。ああいう、社会的事件を搾取する表現は

橋本　んん？　ああ

清水　やーそれを参考に、そういうのが受けるって若い人らが作っちゃうんすよね両親いて裕福な家住んでる癖に。俺ん家離婚してて。で俺の友達も亡くなってて。その、佐伯がネタにした事件の被害者で

橋本　えぇぇ

清水　だから俺奨学金バリバリで美大入ったんすけど。で、実家が太いやつって実際の事件とかにアイロニーとかシニカルな目線で安全なところから消費して金稼いで結局自分評価されたいです的な感じでパクリにして不幸をネタにするんすよ

橋本　ほぉ

清水　までやってること戦争の首切り動画コラージュして再生数稼ぐみたいなもんすからね、事件に直接関わった人対象にしてないんすよ俺みたいな本人に対して

橋本　ああ

清水　その時点でただの暴力つうか、許可取ってないん

ですよ、名前出すのに。許可取らないで作ってるのがもう諸悪の権化なんですよ。許可取りっていう一番難しくて一番大切なこと無視してんだから暴力でしかないんすよ

橋本　んーそれは別に（イライラ）

清水　で、ネタにされたこっちからしたら、そういう諸悪の権化はなくなってもらいたいんですね。使用料払ってもらいたいんですよ

橋本　えなんの？

清水　いや俺のトラウマを無断利用したことに対し

橋本　ぁあ

清水　なんか佐伯のこと考えたらＰＴＳＤみたいなの出てきて立ちくらんで

橋本　え、そうだった？

清水　いやもちろんそれだけじゃないし、阿部さんとか、ここの労働環境もありますけど

橋本　ああ

清水　で鑑賞者もなんすよ。そういうエンタメと化された悲惨な事件と自分は実は関係してるんだとかほざいてる癖に、結局無関係なんだから救われたとかほざいて感動してるだけなんすよ。救われなきゃいけないのってまず当事者なんすよね。それを無視して権力と金稼いでる表現じゃないっすか佐伯の絵も。安全なとこからネタにすんのって見るほうもするほうもめっちゃ楽しいっすから

橋本　立ちくらみ大丈夫？

清水　聞いてください。乗り越えないとなんで。鑑賞者も制作者も基本ちょづいてんすよ、この界隈。なのに鑑賞者も制作者も周りのことちょづいてるとか言ってんすよマジ終わってますから。この前の橋本さんの言葉聞いて思いましたね

橋本　ちゃんと聞いてたのあれ

清水　ま本当に橋本さんが言ったとおり、実家の太さと成功は比例するんで、まじでそこらへん奴らが批判するこの国と何ら変わらないっすよね。俺マジで納得しましたもん。佐伯に対してやっぱ同級生の橋本さんもそういうこと思ってたんすね

橋本　ちょっとお前休んでる間に何があった？

清水　いや別にこれが本当の俺です

橋本　なんか早口すごくて

清水　や……だから俺は、これちょっと見てください

清水、スマホを見せる。

橋本　なにこれ？

清水　今俺𝕏とかインスタとかFacebookとかでこういう活動してるんすよ。実家が太い搾取野郎とは違って、ちゃんと目の前の人と向き合ってて。今、俺の家を解放してるんです

橋本　は？

清水　これ俺ん家の住所です

橋本　え、本当に何これ、晒してんの？

清水　いいんですこれで。こういうクリスマスとか年末とか、今悩んだり困ったり苦しんでる人に、どんな人でも、誰でも、逃げ込んでいいよって、俺の家に住んでくださいって始めたんです昨日から。「#（ハッシュタグ）清水家ご自由に」って。鍵なんてなくていいんですよ。血のつながりもなくていいんすよ。血のつながりが世界壊してんすよ？

橋本　これなに、今お前がこれやってんの？

清水　そっすねーこれが本当のアーティスト活動ってもんですから

橋本　え、家の鍵あきっぱなの？

清水　ま今はルームシェアしてる友達が仕切ってくれてて

橋本　え賃貸で？

清水　そうっすね、戸建ての一階で、トタンの、古くてすごく安い

橋本　それは大家に許可取ってんだよね？

清水　……取ってます

橋本　取ってんの本当に？　いや許可取れんのそれは？

清水　いや家賃はちゃんと払ってるんで

橋本　いやいやそれはさ

清水　まぁ俺はとにかく今は一労働者ですけどね……疑問を抱えながら作業しますけど

阿部、肩に養生テープのかけらをつけて戻ってくる。

阿部　バイトも来れねぇし……

清水　あ

阿部　……

清水　ああ、お疲れっす

阿部　……お前本当に大丈夫？

清水　あ全然大丈夫っす。本当に、すみませんでした

阿部　……はい

清水　あ、あと阿部さんちょっと、これ

清水、阿部に独自の質問票を渡す。

阿部　なにこれ

清水　これ、質問票です。空いた時間にご記入ください

阿部　なにそれ

清水　働き方に関する、いろいろな考え方について教えてもらいたくて

阿部　は？

清水　阿部さんだからこそ頼みたくて。いやあの……

結構美術界隈っていうか芸術界隈だと今ハラスメントとか気をつけてるんですね。でも弊社みたいなブラックボックス的な会社は行き届いてないみたいな。だからこそ率直なご意見をお聞きしたくて

阿部　これはなに、会社から言われたの？

清水　いや僕独自っすね

阿部　ちょっとわけ分からん

清水　ああ、なんか俺はやっぱ、現実から変えていきたいんですよ

阿部　あー（ため息）。なんだー……

清水　もちろんこの会社のことを告発したいとかってわけでもなくて、俺は、中から変えていきたいんですよ？

阿部　お前教育してたやつなんで辞めたか分かった

清水　マジで俺は目の前の現実からどうにかしたいんですよ？

阿部　ちょっとお前もう、帰れよ

清水　帰らないです。仕事やりに来たんで

阿部　お前休めもう辞めてもいいから

清水　休まないです、辞めたくても辞めませんから この現実のために

阿部　え、なに正直辞めたいんでしょお前？　だから そんなこと言ってさ

清水　辞めたいですよ？

阿部　そうだよな？

清水　でも辞めないんですよ

阿部　なんで？

清水　立ち向かうから

阿部　……えーさー、マジでどうしたいのそれ？

清水　いや至って俺はこの職場から何とかしたいんです。おかしいですもんミスしただけで人の頭叩いたりとか、暴言吐いたりとか、パートナーのこと嫁とか言ったりとか、これは本気でカウンセリング必須ですよ、同じ男性として強く推奨します

阿部　ちょっと本気でもういいから帰って

清水　帰りません仕事します

阿部　あーじゃあちゃんと仕事すんだな本気で？

清水　俺はしますよだって今日の撤去は阿部さんと橋本さんだけじゃ決して終わりませんもん

阿部　まぁそりゃそうだよ

清水　狂った展示の大幕も作業しなきゃですもん、 あー本当に狂ってます

阿部　あああ（ため息）

清水　え、ちょっと待ってください。俺本気でどうにかしたいって思ってるんですね？

阿部　あー分かったんだけど、じゃあ本当に本気でやるんだったら、前のお前の後輩のバイトみたいにさ

清水　アルバイトさん

阿部　うん、そいつみたいにさ

清水　そちらの方(かた)

阿部　……中途半端にラベル貼って俺が貼り直したりって二度手間はもうないってことに絶対しろよ？　俺お前のこと本気で信じるからな!?

清水　……すごいな全部。もう諦めそうだよ、こんなリアル……

阿部　……お前さ

清水　いやマジ早くやりましょう本当に。終わらないっ

すよこのままじゃ

阿部　おーい

清水　質問票は後で絶対書いてもらって。ちょっと俺ツリーの電飾切ってもらうように操作室にお願いしてきます（走る）。（独り言）負けねぇ

清水、走って去る。

阿部　（頭痛）……先ず、人事はなにやってんのマジで

橋本　強烈だね

阿部　あれ、Z世代？

橋本　いや特殊だと思う

阿部　（ため息）はぁあ……

阿部、指示書を読む。

阿部　つうかこの展示してるやつって、あのよくバックレてた佐伯？

橋本　ああ、そうそう

阿部　でかくなっちゃって……現場のこと見捨ててきたのに立派にこうやって……だからアートするやつ嫌いなんだよ

阿部のスマホに電話がかかってくる。

阿部　あーまただ……

橋本　家族？

阿部　今帰れないから電話されてもな……

橋本　え、俺と清水くんでやろっか？

阿部　いや無理でしょ、三人でギリ間に合うかなんだから。マジさっきの時間本当に無駄だ……

阿部、スマホを見る。

阿部　何だよ本当に……（橋本へ）ごめんちょっと

阿部、電話しながら出ていく。清水、電話しながら戻ってくる。

清水　あ、それマジで……あ、それは分かった……うん、ちょっとそれは、本当の一大事だね。うん、ごめんじゃあすぐに。うん

清水、電話を終え、橋本を見る。

橋本　あれ、電飾ついたまま
清水　あーそのですね……ちょっとガチ今、大問題発生で
橋本　ん？
清水　あの……さっきの、「#清水家ご自由に」
橋本　うん
清水　なんかそれが結構バズっていうか沢山きちゃってるみたいで、でもなんか、避難民みたいな感じでもなくて、結構、盛り上がってる人たちが来ちゃって。で、バーベキュー……
橋本　ええ？
清水　なんか……アロハな音楽爆音で流されちゃってみたいな……で、焚き火を家の中で……窓外されちゃって、なんか支援物資とかストロング缶箱で持ってきた人いるらしくて人口密度やばいみたいな……いやまじそこまでご自由になるとはっていうか……そのルームシェアしてる友人も大迷惑っていうか警察呼んだみたいな結構今拡散されて「#清水家ご自由に、実はグランピングだった」みたいな虚偽のポストも拡散されて……ガレソに
橋本　お前もガレソなの？
清水　ちっと……馬鹿な大学生みたいになっちゃいました……ルーザーです俺
橋本　コンセプトがたがたじゃん……
清水　やーでも実はこれが正解かもしれません。うん、実家が太くて裕福な口だけ表現野郎には、こんなことできないっすもん……ただ、大家さんもなんか激おこなので……俺の戦場は今ここではないということが判明しました。帰ります
橋本　帰るってそれ……
清水　他からヘルプ呼んでもらって
橋本　いや無理だよ、今からじゃもう
清水　え、大学生のバイト……

橋本　こないよ、クリスマスだもん

清水　ああ、俺の後輩も「刀ピークリスマス」の余韻を壊したくないから来たくない的な

橋本　とりあえずできる範囲からやらない？

清水　や本当に今は……

電話を終えた阿部が戻ってくる。

橋本、渋々できる範囲から撤去作業を始める。

橋本　おお

阿部　ん。ああ……

橋本　ちょっと今、清水くんが

清水　あのですねー、ちょっと話すと長くなるんですけどあのー……（スマホの何度も鳴る通知を見て）あー……ちょっと急なんですが、帰らせてもらいたくて

阿部　……

清水　はい

阿部　（目を抑える）……んー

橋本　ん？

阿部　え、清水はなんだって？

清水　あ、帰らせてもらっていいですか、的な

阿部　なんで？

清水　あーちっと……俺の活動が……だいぶ問題になっちゃって

阿部　え、信じるって言ってたよな俺

清水　あぁ

阿部　え活動を優先するから仕事できない？

清水　まぁちょっと理由が

阿部　いやいやいやおかしい……えー。っあーだめだ。ちょっとだめだ俺。いや……いや待てよこれは

阿部、目を抑えている。

阿部　あっー……俺に帰らせて、いや帰らない

清水　え

阿部　俺に、俺は。お前はお願いだから残ってやって

橋本　え何……？

阿部、スマホを確認。目をすぐに離す。清水もスマホを確認。

阿部　あーっ……どうなってんだ……いややっぱ帰らせて

橋本　なに

阿部　……いや飼い犬がさ、ていうか「ここあ」が、エレベーターで死んじゃって、さっき

橋本　え

阿部　そのなんだろう、上の子どもがさ、夜に犬散歩させたいって癇癪(かんしゃく)起こしちゃうターンに入ってて、どうしても。やいつもだったら、夜に散歩とか絶対しないんだけどさ、嫁もさ、もう疲れで参っちゃって癇癪止まらないから。で散歩終わって、エレベーターのドア開いたら、子どもが急に走り出して衝動で。それ追っかけて、ワンコをエレベーターの中に置いてっちゃったまんまで。首輪は危ないと外れるやつだったんだけど、変な形で顎に引っ掛かっちゃったままドア閉まって、ドアにリード挟まって……そのまま上の階に上がって……ちょっとうちのマンション、古いから安全性が……

清水　……えーっ……

橋本　それはちょっと……帰ったほうがいいね

阿部　……それでも仕事が

橋本　いや、気にしないほうがいいって

阿部　だから本当に悪いんだけど、二人で作業してもらって

清水　いや俺も……帰る

阿部　……帰りません仕事しますって言ったじゃん

清水　いやちょっと変更ですね

阿部　だってお前……せめて二人なら延長したら終わるから

清水　いやそれは、阿部さんにも言えることで

阿部　え

清水　阿部さんも別に今ここで作業は……

阿部　それお前もだろ

清水　やそれは阿部さんも

阿部　だから俺は家族が亡くなってて帰るんだって

……

清水　やこっち今最悪、人亡くなりそうですから

阿部　なに、人

橋本　（仲裁）ちょっといったん

清水　はい、俺の家族もですから

阿部　お前の家族も？

清水　はい、アーティスト仲間の将来的にも

阿部　は？　アーティスト？

清水　はい家族みたいなもんです

阿部　今お前よくアートとか言えるね

清水　いやマジで大変なんです

阿部　俺の話聞いてなかった？

清水　清水家マジ終わります

阿部　こっちは本当の家族をさ

清水　うん、でもこっちはまだ将来的に死にそうだけど救えそうな人、生きてますから

阿部　……えなに、お前

　阿部のスマホが鳴る。

阿部　ちょっと待て……

橋本　うん待つよ

清水　帰っていいですか？

阿部　待て今電話

橋本　（清水へ）うん今ちょっと待て

清水　早く帰らないとやばいんで

阿部　だから待て、お前残れって！

清水　言い方終わってる

　清水、スマホを眺め続ける。しばらくして何かを見つける。

阿部　（電話）ごめん本当にちょっと待って……今すぐ帰るから……あー……え二人とも寝ないの、ええどうやったら泣き止むっていうか……本当に「ここあ」死んだの？　えなんで、えなんでそんな重なんのよ……ここあぁあぁ……

清水　橋本さん

橋本　とりあえずもうやめよ

清水　いや

橋本　うん二人とももう帰っていいから。

清水　いやちょっと違って、これあの（スマホを見せる）別の、仲間のグループラインで

橋本　（そのライン内容を見て）……え、え、え？　え、は？

橋本、自分のスマホを取り出す。すぐさまラインを調べる。

橋本　待て

橋本、電話する。だが電話が繋がらない。

橋本　ほんとに待って……

阿部、電話を切る。

橋本、何回か電話を掛け直したり、ラインを打ち込んだりする。

阿部　ごめんマジで帰るわ本当に……

清水　え、そうすか

阿部　他のこと無理

清水　あ、今ちょっと橋本さんも

阿部　マジもう、うん、本当に黙って、本当に喋るな

清水　やちょっとアートのほうで今かなり大っきい

阿部　黙れお前

清水　（阿部の肩へ）ちょっと、さっきから養生テープついてるんすよ

阿部　あ！

清水　すげー気になって

清水、阿部の肩の養生テープを剝がす。

阿部　触んなよ！

清水　剝がしてあげた！

阿部　（殴ろうとする）

清水　あ。森永っ♪

阿部　……はあ？

清水　あ、いや、ココアと言ったらっ、ていうか

阿部　……

清水　あ、すみません俺、本当にパニックになると思ってしまった
阿部　黙れ
清水　言葉っていうのが勝手に

阿部、清水を突き飛ばす。阿部、出て行こうとする。
清水、阿部にスマホを向けて撮影し始める。

清水　いやだめ、だろ今のは（笑う）
阿部　お前本当にもうやめろ……
清水　暴力だけはだめ、本当にだめ
阿部　……（目を抑える）もう……何だこれマジで本当に……
清水　上司からの暴力で俺の友達死んでるから、ネタにされてるから
阿部　やめろお前本当にやめろ……

橋本、電話相手と小さい声で話している。しゃがみ込む。
阿部、清水を追いかける。

清水　あんたいろんな人から暴力してくるって噂されてんの知ってるか
阿部　本当に黙って
清水　ひどい噂しか聞かないから
阿部　本当に黙れ
清水　休憩中に多目的トイレでシコってることも噂されてるから
阿部　お前なんだ薬物やってんのか
清水　仕事場のトイレでシコってんじゃねぇよ！
阿部　ええ、病気かお前！

阿部、清水のスマホを奪う。

清水　うわこいつはマジでやばい！
阿部　え容赦しないからな
清水　子ども二人の親で何してんの!?
阿部　マジで黙れ
清水　子ども二人の親で何してんの!?　絶対離婚するだろ子どもめっちゃ可哀想じゃん……！　俺みたいに育つぞ！　あ。（橋本に助けを求める）橋本

さーん！　橋本さーん！　これ動画とってこれ、動画！　防犯カメラさーん！　いるー？

阿部、清水のスマホを床に叩きつけようとするが、掃除が大変なので、両手で折ろうとする。

清水　離してください

阿部　（スマホに対して）硬（か）った

清水　離してください！

清水、自分のスマホに摑みかかる。

清水　返してください！

阿部　落ち着け、おぉい！

清水　痛い……痛い……ああ、やばい……ああ、ガチのやつきた……あー、ピィーティィーったこれ。はぁはぁっ！　友達を……失った友達を思い出す！

清水、過呼吸になって蹲（うずくま）っていく。

阿部　ちょっとお前おいこれ嘘つくなって！

清水　ガチだ……ガチだ……ガチだ……ガチだ……

阿部　お前、またこれ……本当かおい！

清水、急に立ち上がって阿部から自分のスマホを奪う。そのまま全力疾走しながら逃げる。

阿部　おい！

清水　いま行く！

清水、去っていく。

阿部　あーもー……あー何でこんなことに何だ……！きついきつい……

阿部、鼻血が出る。

阿部　（鼻を吸う）あ、くそ……（鼻を抑える）……あーぁあ

阿部、しゃがみ込んでいる橋本のところへ近づく。

阿部　……大丈夫ちょっと？　ほんとごめん（時計を見て）もうトラック来ちゃうけど、ちょっと今日は無理だ（鼻を吸う）

橋本　え……

阿部　ちょっともう、諦めよう本当に

橋本　や……ツリーがあると展示が……佐伯の、展示の広告が設置できない

阿部　いや、俺はもう、それは本当に今はもう……（鼻を吸う）

橋本　だってこれ佐伯の……（堪えられず）ああああああ……

阿部　おい……頼むからさ

橋本　佐伯が……死んじゃった……

阿部　……なによ

橋本　ええどうなってんだよ……マジどうしてだよこれどうして

阿部　ええ、バックレが？（鼻を吸う）

橋本　いやあいつ……自分でなんか、本当に飛び込んじゃったみたいで……あいつ、なんかそれこそ、俺、っていうか清水みたいなやつから……俺……俺……（堪えられず）ああ……結構、社会問題を裕福な奴が扱うなみたいなことよくネットでも言われてて……それが全部じゃないけど……なんか「申し訳ございません」って……自分から……自分で

阿部　……（鼻を吸う）

橋本　今、佐伯の……こと一番褒めてた教授に電話繋がって……、でも、あいつが「最後に今の展示だけはしたい」って残してたみたいで……

阿部　……マジか（鼻を吸う）

橋本　だから……だから

阿部　マジかー

橋本　これだけはツリー撤去させてもらえないだろうか……？

阿部　……はぁああ（しゃがみ込む）

橋本　ツリー撤去しないとあいつの大幕設置できないから……！

阿部　あぁあ、だめだ

橋本　（堪えられず）本当に俺今……わかんないおれ本当に……すぐに一瞬、あいつがいなくなったから、俺やっと絵が描けるんじゃないかとか思って……ああ、成功してる人って、亡くなるんだって……枠が、枠が、あい、空いて……そこになんかもしかしたら自分もって……あいつがもう作品を……つくれないっていうのが、俺……俺喜んでるんだ……もうそれ全部、全部、気持ち悪いんだ俺こんなこと思ってるからまじ死ぬべきなんだ、でも今絵を描ける気するんだ……

阿部　もう、帰ろうよ……

橋本　この仕事、好きなわけねぇのね、おれ。絵だけで評価されてぇの。絵で、絵で、食っていきたくて……もうなんで……もうなんで、あいつ死んだんだよ……本当に……あいつとのアトリエは……かけがえのない……いつもが……なんで飛び込めちゃうんだよ……

阿部　うん……うん……なんで死ぬんだろうな……
（堪えられず）

橋本　……ねぇ、撤去しよう。早くツリー撤去しよう

阿部　……んう？（鼻を吸う）

橋本　これはもう、俺らが撤去しなかったら、大幕設置できないよ……

阿部　え、でも亡くなってるんでしょ

橋本　でも展示やるって、遺書に残してんだからさ……やらなくちゃだめだろ……？

阿部　でもぅ、（鼻を吸う）俺も帰りたいの……

橋本　こんなにたっくさん重なり合うことあるか？地獄だろ……

阿部　もういいって本当（鼻を吸う）

橋本　やるんだよ、なぁ……！　いろんなデザイナーとかさ、それこそ佐伯とか色んな画家とかいるけどさ、最後を任されてんのが俺たちなんだからさ……！　一番最後の仕事なんだからさ……！　佐伯の広告設置しなかったら、誰が設置すんだよ！

阿部　やだよしかも佐伯のためとか

橋本　いや、やるんだよ！

阿部　お前もおかしくなってるって。（鼻を吸う）いいじゃん、羨（うらや）ましかったんでしょ佐伯が

橋本　は、なんだお前……

阿部　しかも橋本もう諦めてるでしょ……お前がやりたいこととかアートとか、もういいって……

橋本　ざけんなお前もう……お前みたいに簡単に諦めてねぇからこっちは！　美大まで行ってんだよ！　お前の簡単な諦めと違ぇから！

阿部　（鼻を吸う）うん、ごめん、ごめん……家族に会わせて？

橋本　なにがごめんだよ！　遅えよ！　仕事しろよ!!

今まで散々こうやって後輩いじめてきただろ!?　最近のお前見てると色々思い出すんだよ！　なぁ、人のこと傷つけるくせにさ、休憩中に多目的トイレでシコってんじゃねぇよ！　アホか！　子どもいんだろお前！　二人も養ってんだろ！　てかなんでそれで二人も作ってんだよ！

阿部　なんで

橋本　アホのままだよ、お前は！　こんな時だけ家族言い訳にしてんじゃねぇよ！

阿部　いや家族のために仕事してんの

橋本　ちげぇだろ！　家族のためとか言うならな、夜勤なんてすんな！　お前が言ってたんだからな自分で、川口に！　お前が自分で選んだ仕事だろ!?　お前が全部選んできたんだよ！

阿部　（鼻を吸う）もうやだよ

橋本　お前なんでここで働いてんの？　こんなところで働くならな、家族なんて最初から作んなよ！

阿部　いいじゃん、俺の親、やっと喜んでくれたんだから

橋本　よくねぇよ！

阿部　いいじゃん（鼻を吸う）……羨ましいんだよ……

橋本　……は？

阿部　俺だって成功してもいいじゃん。（鼻を吸う）……もう、馬鹿にされたくないんだよ俺。（鼻を吸う）成し遂げたいの。他の、成し遂げてる人みたいに……でもできなくて、もうわけ分かんないままシコってんの。（鼻を吸う）……羨ましいことと、同じぐらいのもので補填しようとしてるの。でも全然同じじゃないの……（鼻を吸う）羨ましいな

橋本　……お前子どもいて羨ましがられるだろ
阿部　一人目、クリスマスの時にできた子なんだよ
橋本　……
阿部　え
橋本　クリスマスが夜勤ばっかだった鬱憤もあったよ
……世間の……クリスマス的なノリが羨ましくて……最低にアホすぎる……今日なんだよ……二人目は、それこそ、二人いる人たちが……羨ましかったからだよ……それで……「ここあ」が……「ここあ」が……
橋本　……いいや、もう帰ってやっぱ。家族のところ行け

阿部、しばらくして立ち上がり、去ろうとするが、戻る。

橋本　早く行けよ……行かないの？
阿部　本当にごめんなさい。（鼻を吸う）仕事ができなくてすみません
橋本　……いいって、もう

阿部　転生したいです……（鼻を吸う）俺が誰かを馬鹿にしない、俺が誰かに馬鹿にされない世界に行きたいです……ポエムしてごめんなさい
橋本　……もう分かったって
阿部　なれないこと分かってたけど……俺……本当に歌い手になりたかったんです……
橋本　……
阿部　センスと……環境を、ください……（鼻を吸う）……だれか、センスと環境を分けてください
橋本　（時計を確認）……もうトラック来てるじゃん……

店内BGM「アヴェ・マリア」が流れる。

阿部　ごめんなさい、本当に間に合わなくてごめんなさい
橋本　いや、もうごめんじゃなくて……
阿部　本当にごめんなさい……なんでもしますから……このとおりですから

阿部、「アヴェ・マリア」の歌詞を替え歌で歌う。

アヴェマリア　なにもうまくいかない
おれうたいてになりたあいな
だけどむりでしょおねと
みんなもだけどじぶんが　あきらめてる
ひとりぼっちのトイレ　スマホずうっとみている
むだなことばかりをして　むだにいかされている
おれむりや

アベむりや　なにをあきらめる
おれしごとだけしてたあいなあ
だけどかなえたいこと
わすれていたいはずでも　おぼえている
ほかにすることみつけ　これであきらめれると
えがおになれるものがいま　じぶんがであいたい
もの
アヴェマリア

阿部、その場にしゃがみ込む。

阿部　もうだめだ……ちょっと、荷物だけ取りに行かせて……

8——倉庫②

橋本と阿部、倉庫にくる。
パイプからじょぼじょぼと排水が流れている音がする。
荷物を持った阿部、しゃがんでいる。

橋本　阿部くん
阿部　……ごめん、横になっていい？

阿部、横になる。

阿部　倉庫って、寝転ぶと下のほうはそんな臭くないんだな
橋本　……さっき、本当にごめんなさい
阿部　……レンタカーでトラック借りようか
橋本　え
阿部　ツリー運ぶ用の……俺運転するから……
橋本　本当に行ける？
阿部　……帰っていい？
橋本　うん、もういいから帰りな
阿部　ちょっと家族に電話するわ

阿部、スマホで電話しようとするが、

阿部　ああ、そっかここ圏外だ
橋本　そうだね
阿部　……帰んなきゃ
橋本　帰りなよ
阿部　……うん、でも、ここなら今はもう電話こないな
橋本　……
阿部　ちょっと、電気消してもらっていいですか？

橋本、倉庫の電気を消す。

阿部　ああ、ごめん……俺のスマホの場所わかんなくなった……

橋本　……

橋本、スマホのライトで明かりをつける。

阿部　ああごめん

橋本　あった？

阿部　ごめん……あったかも

橋本　……

橋本、スマホのライトを使って、手を使い、影絵をする。

橋本　（キャラクターの声のように）帰ろうよ

阿部　……

橋本　（キャラクターの声のように）ねぇ

阿部　……それさ、俺も家族とやっててさ……

橋本　……あぁ

阿部　夜にさ、うちの子が本当に寝ないんだけど、その時にスマホの光でさ、そうやって暗い部屋で遊んだらさ……笑って……本当にこんな幸せな時間あるんだって思ったんだよね……足元で「ここあ」寝ててさ……きっと、どこにもない、ここだけの特別なんだって……

橋本　……阿部くんはさ、阿部くんは辞めなよ。今ここで働くことに、幸せはないよ

阿部　……うん

橋本　がんばった

阿部　……うん……でも清水の教育が

橋本　え？

阿部　あいつのこと俺……教育しないとすごいね。だけど、たぶんあいつクビだから大丈夫

橋本　そうか

阿部　うん、あいつにとっても、クビのほうがいいよ

橋本　橋本くんはどうする？

阿部　……ちょっとさ、俺インフルで出し物、しなかったじゃん

橋本　……うん

橋本　さっきの、阿部くんの出し物観(み)れたから、俺も一応ここだけで公開しようかなって

阿部　ええ……いいの

橋本　うん。名づけて「俺が生まれるキッカケ」なんだけど

阿部　うん

橋本　俺の持ちネタ封印されたから、結構ぶっこんだのやろうと思って

阿部　うん

橋本　俺ちょっと計算したっていうか、酔っ払ったうちの親から聞いたんだけど、俺が生まれるきっかけってクリスマスだったみたいなのね

阿部　え

橋本　そうそう俺も

阿部　……9月中旬生まれ？

橋本　そうそう、まさに

阿部　えー

橋本　だから今から、俺の両親がどうやって俺が生まれるきっかけを作ったのか、再現するわ……

阿部　……やっぱアーチストだな、ハシモンは

橋本　ハシモン懐(なつ)。（笑う）久々に佐伯以外に言われたわ……

橋本、スマホの影絵を使い始める。

橋本　ちょっとこの影絵使うわ……じゃ、行きます！「なぁ多恵子……綺麗だったよな外」「ねー赤坂からばーっとイルミネーションが広がってて」「今はあれだな警官が外に多いな」「そうだね、警戒待機がここのところ多いよね」「今年もこんなクリスマスか……」で、ここから無言になってキスからの行為が始まったそうでして

阿部　あぁあー……俺も同じだ（笑う）

橋本　そう、警官の話から始まったらしくて

阿部　そういうもんよね

橋本、手で絡み合う。

橋本　「多恵子」「吉郎さん」「おまえここ、こんなに」「あなただって、ここ……」「多恵子！」「吉郎さん！」

「多恵子！」「吉郎さん！」

阿部　ごめん……

橋本　え？

阿部　マジでやめて

橋本　……

阿部　……なんか……もっと明るい話、して

橋本　……ああ

阿部　……明るいので……照らして

橋本　じゃあ……そうだな……うん

阿部　……

橋本　俺が……もう絵が描けなくなって……すごく前に卒制で作ったのはさ……「夜勤」って作品で……そう使われるしかないって思われてるものでも、それ以外の、使い方も、価値も、存在の仕方もあるってことを、伝えたかった作品なのね。だから俺はなんか……もう、あの作品は当然廃棄されたし、賞も入んなかったし、気に入ってくれたやつ、一人しか……いないんだけど……今の、阿部くんにこそ……あなたにこそ観てもらいたい。それが、俺が……まだ信じていたい、美術の力なんだ。佐伯もそれは、同じだったと思う……見てもらいたいから……自分以外の誰かに

阿部、うつらうつら。

橋本　……阿部くん？

阿部　……わかんないけどありがと

阿部、寝る。

橋本　……おやすみ。後で起こすから……

橋本、倉庫を出ていく。ツリー前、日が射している。イヤホンをつける。クラシックの「アヴェ・マリア」が流れる。

ツリーの撤去作業を始める。

その動きが、卒業制作の作品をつくっている過去と重なる。

ツリーの撤去をし終える。

佐伯の展示広告を設置し終える。
卒業制作の作品を作り終える。
その広告と作品が重なりあい、養生テープの後ろから、
誰かが手を上げる。
橋本も誰かに気がつき、応えるように手を上げる。
夢から覚める。

了

あとがきにかえて

【特別付録——舞台写真・資料・『itchy』パラパラマンガ】

このあとがきでは、『ハートランド』と『養生』、そして今までの活動について振り返っています。第68回岸田國士戯曲賞を受賞し、自分の作品が初めて出版社から書籍化されるにあたり、せっかくなので何か特別な付録をと考えていたところ、編集者の方より「画像も好きなだけどうぞ」と言ってもらえたこともあり、沢山画像を入れることにしました。パラパラマンガもできましたのでお楽しみください。前からも後ろからも、ページをめくっていただければと思います。

『ハートランド』劇中アニメーション
『itchy』
作：りょこ
パラパラマンガ1

『ハートランド』公演チラシ【作：りょこ】

ゆうめい

ハートランド

2023.4.20 THU – 30 SUN
東京芸術劇場 シアターイースト

ゆうめい『ハートランド』公式 HP
https://www.yu-mei.com/heartland

振り返ってみると、『ハートランド』は自分の生活と家族を人質として差し出す作品になったのではないかと思います。今までおもに身の回りの実体験を基に作品をつくってきた自分にとって、この作品で岸田賞を受賞したことは、自分が偽善者であるという意識から逃れられなくなることでもありました。権威ある評価をもらえたのも、いわゆる「不幸」な他者の人生や生命を材料として演劇にしてきた結果であるという事実に思い至らざるをえないからです。今作は「フィクションです」と謳ってはいましたが、結局、最も基にしたのは自分の体験です。そうしたこともあって、現実から物語を生む行為について、物語の続きは現実にしかないことを描こうと思ったのです。チラシの赤い糸は、それを表わしています。

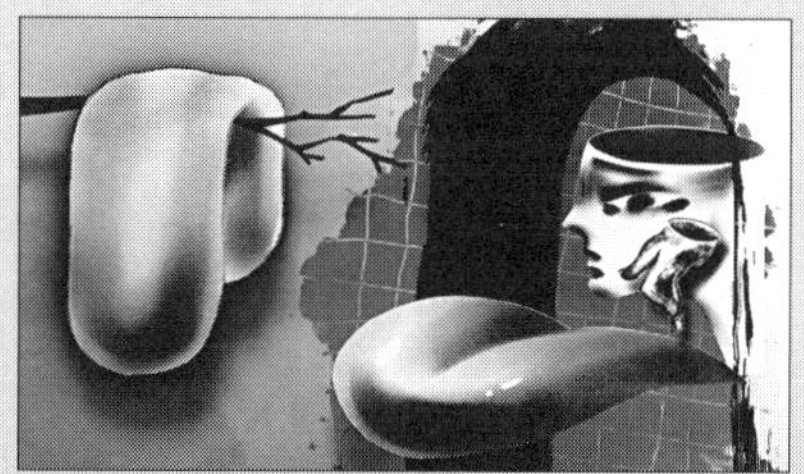

『ハートランド』舞台写真
舞台美術・衣裳：山本貴愛　写真：佐々木啓太

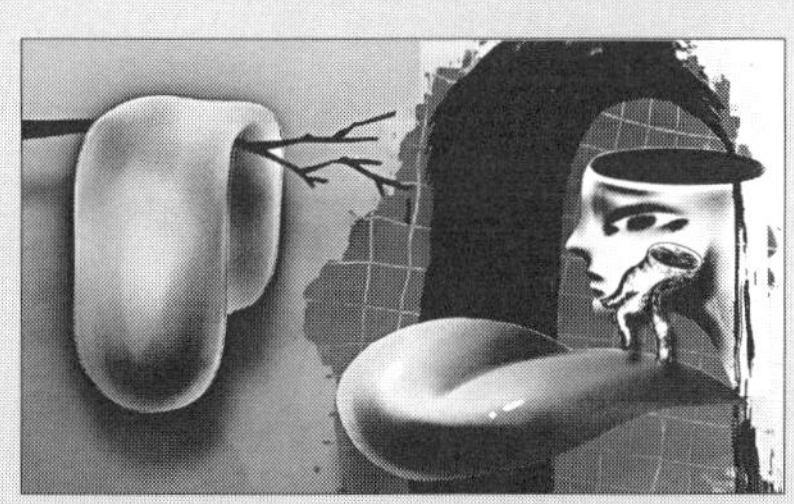

『ハートランド』では子どもを探す父を描きましたが、そんな自分は二児の父になりました。子どもの人生が身近になり、戯曲を書いた自分はこの先どうなるのか、読み返すとそんなことを思います。

　岸田國士戯曲賞選考会の日のことです。その日は生後間もない第二子の退院日と重なりました。初めて家族四人で寝床を共にする日でした。初めてのことに戸惑いと興奮があったのか、普段寝る時間を過ぎても一向に寝つけずでした。第一子が寝静まったら第二子が泣き出して起きて、第二子が寝静まったら第一子が……と無限ループ。抱っこしても読み聞かせをしても、高確率で泣き止む「ＰＯＩＳＯＮ～言いたい事も言えないこんな世の中は～」を流しても寝てもらえずでした。退院後のパートナーも当然

疲労困憊（こんぱい）で、選考結果より今をどう潜り抜ければいいか悩んでいました。退院日と選考会日が重なってしまった偶然もあるけど、いくら結果が出る日だからといって子どもの寝かしつけよりスマホチェックを優先するのは家族の将来的に良くない気がして、選考結果の連絡は自分のマネージャーへ行くよう事前にお願いしました。戯曲賞については一日考えないことにしたのです。というか、前日の仕事でほぼ徹夜をしてしまい、頭が眠気と子どもたちの泣き声で一杯になり、思考停止状態になり、時が過ぎるのをただただ祈っていました。

　ようやく、子どもたちが落ち着いて眠った後でした。寝室から離れてマネージャーからの結果報告を電話で受けました。

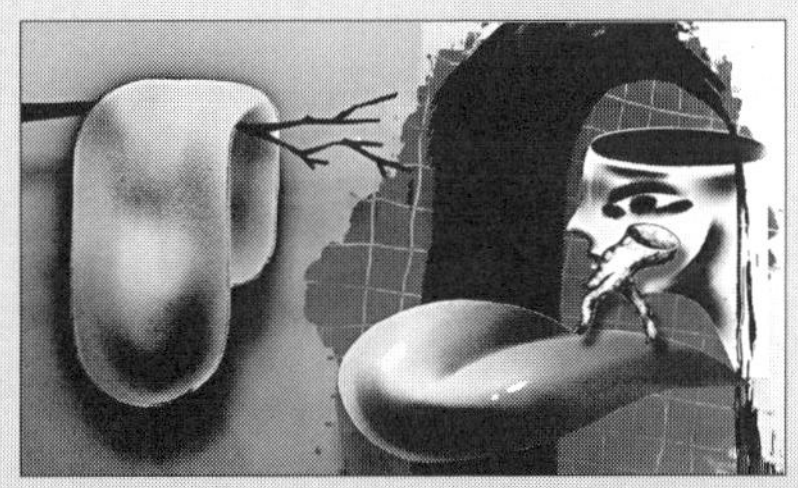

「通ったよー！」

電話の奥からありがたい拍手の音も聞こえました。電話からの歓喜は自分に伝わり、部屋へと浸透していきます。その空気を感じ取ったのか、子どもたちが急に目を覚ましました。さっきまでしっかり寝ていたはずで、大きな声で電話してないはずなのに、完全に起きていて、自分含め全員興奮していました。まったく眠れなくなってしまいました。SNS上でも白水社から受賞者発表があり、ありがたいメッセージがガバッと届きはじめ、あれほど今日はなるべくスマホを見ないようにしようとしていたのに完全に目を放せなくなっていました。一瞬で、賞というものに踊らされていました。さっきまで「子どもが寝ないときは、どうすれば？」と悩んでいた脳が、

「受賞したら、どうすれば?」という脳に切り替わっていました。

すぐさまお祝い連絡に返事をしたほうがいいのか、こういうときはお世話になった方々へ即連絡すべきなのかどうなのか悩んだところ、

「ハートランド、通ったんだ!」

さまざまな意味が篭(こも)ったパートナーの声を聞いた0時過ぎ、とりあえず、自団体の「ゆうめい」の主宰、丙次(へいじ)(元・田中祐希)にだけ電話して寝ることにしました。

嬉しがってはいましたが、

「えー、ハートランドが通った!?」

丙次の返事にもいろいろな意味が篭っていました。この戯曲にずっと「?」だったので。

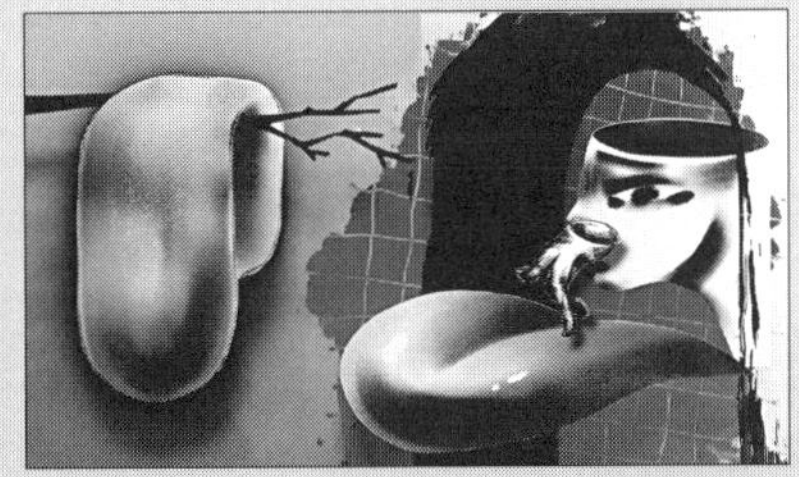

正直な話をすると、『ハートランド』上演時の評価は想像より良くありませんでした。「(マイナスな意味で)分からなかった」「それっぽい作品にしたかっただけ」という感想をいただきました。自分のなかでは「演劇にしかできないものを思いつけたのでは!」と書き上げたとき感じてしまっていただけに、あれは過信で自惚(うぬぼれ)だったと反省しました。でも『ハートランド』は、実際の出来事を基に物語を描こうとする人々を描く話であり、それはつまり、この作品を上演した自分の話でもあるわけで、良い作品に**ならない**べきでもあったと、一時は開き直ることも。しかし、とにかく作品の評価のせいで集客が芳しくなく、もうこういった作品はお金に困ってしまうし、生活もあるしと、パートナーでメンバーの一員である「りょこ」とも

「ゆうめい」内で話し合った直後の受賞だったのです。

『ハートランド』は、今まで自分や家族や知人をモチーフに描いてきたことに対する自己批判的な作品を目指しました。いくら演劇内で現実を描こうとしても、それは結局、現実の搾取じゃないのか。実体験を基に創作していたときに感じた違和感を、言葉にしていきました。――「こうはなりたくない」と心のどこかで思っている人を登場させて、入場料をとって見せ物として描いているだけなのではないか。物語にして終わらせるだけの無責任なのではないか。現実での話題を取り入れるのは、現実のためではなく、こんな表現ができるという優位的な自分を観てもらいたいからなのではないか。生まれながらにして恵まれた環境にいながら、恵まれない環境にいると

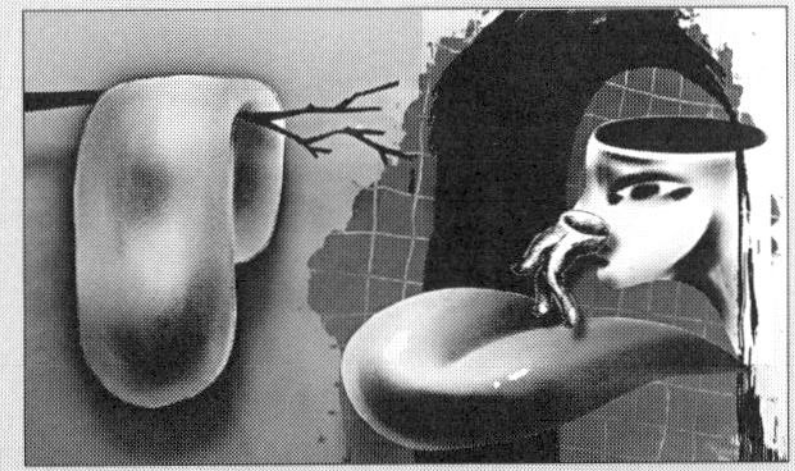

感じている人々を安全な場所からそれっぽく描いて、いい気になっているだけではないか。——絶え間なく、考え続けていました。

そう考えていくうち、反論というか言い訳を考え始めました。「いや、そういう自分も実はこうでしたけど?」とか、「その視点で見たら確かに恵まれてないけど、この視点で見たら恵まれてない?」とか、「こっちもこっちでこんなリスクありますけど?」とか、「この上演によってこんなふうに現状が変わる可能性ありませんか?」みたいに自問自答し続けた結果、自分の体験や過去から多くを引っ張ってきて描きました。劇中に登場する話題やオブジェクトは、自分が今まで誰にも明かしてこなかったことや隠していたことがモチーフになっています。

劇中に登場するブックカフェバー兼ギャラリースタジオ「ハートランド」の基となっている場所は、岐阜県高山市にある「こどものほんや　ピースランド」です。りょこが中学生の頃から気に入って通っていました。

ここのマスター中神（なかがみ）さんと、自分は大学生だったとき知り合いました。りょこととともに、スタジオで演劇をしたこともあります。その日限りの旗揚げ公演にして解散公演でもあり、自分らを「ゆうめい」と名乗り、『そうでもない鐘を鳴らすのはあんたら』という芝居を上演した場所です。

思い返すと、あの公演が「ゆうめい」の始まりでした。その後２０１５年に東京で丙次とともに今の「ゆうめい」を結成しました。

ピースランド公演でのチラシ

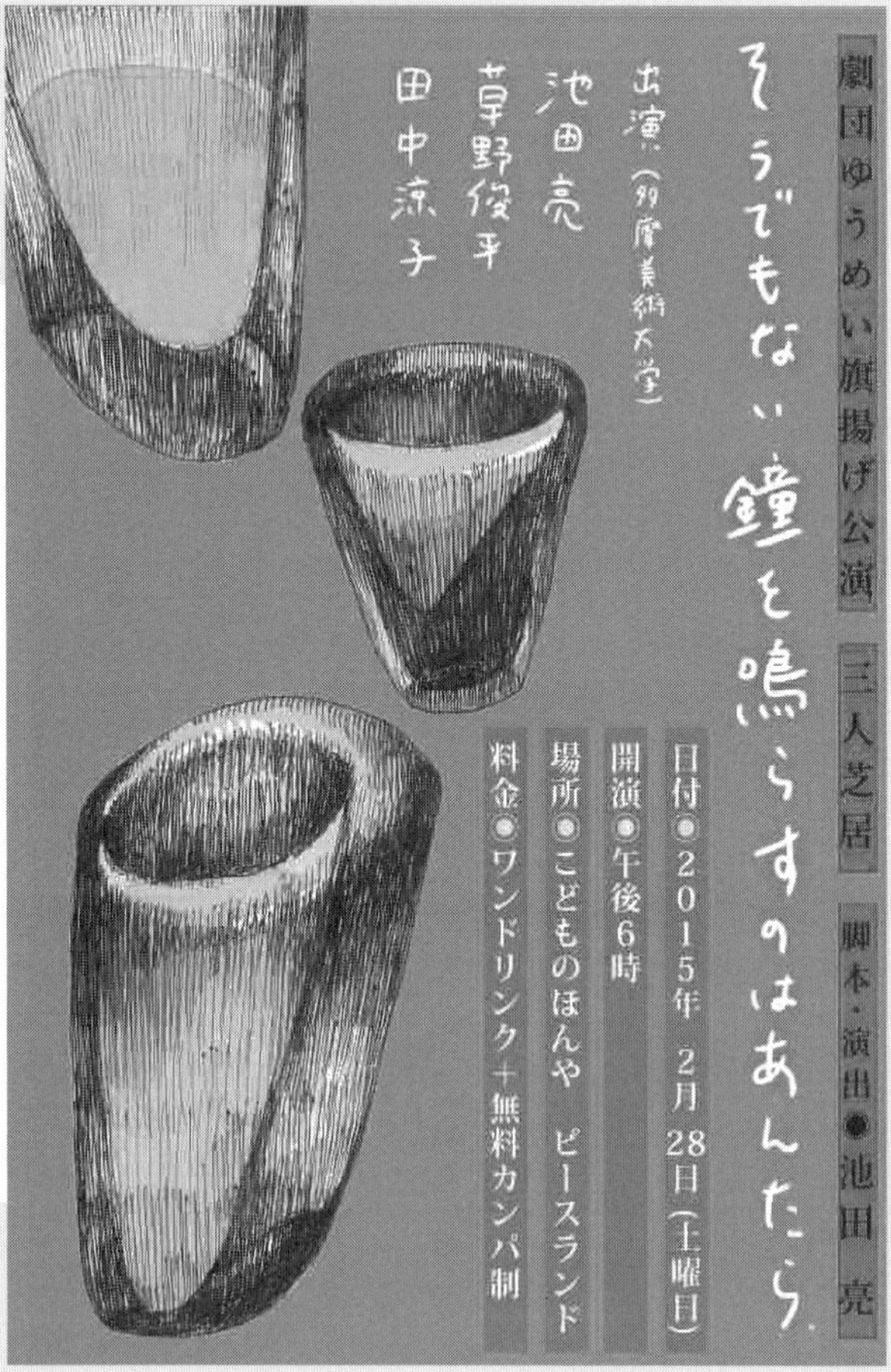

劇団ゆうめい旗揚げ公演

三人芝居

脚本・演出●池田亮

そうでもない鐘を鳴らすのはあんたら

出演（多摩美術大学）

池田亮

草野俊平

田中涼子

日付●2015年 2月28日（土曜日）

開演●午後6時

場所●こどものほんや ピースランド

料金●ワンドリンク＋無料カンパ制

こどものほんや ピースランド HP
https://peaceland1988.jimdofree.com/

「ゆうめい」の始まりの地とも言えるピースランドを舞台にした作品で受賞できたことを嬉しく思うと同時に、劇中は結構とんでもなさそうな場所として描いてしまったことを申し訳なく思います。

ピースランドは、その名のとおり、そこに集まる人々もとても温かく平和な場所です。絵本も沢山揃っています。家に毎月定期配送してもらうこともできますので、自分もピースランドから届いた本を子どもに読み聞かせしています。

カフェバーのシーンを書いているときは、お店でいただいたコーヒーの匂いやビールの味を思い出していました。

この本を読んだ方もぜひ、ピースランドを訪れてみていただければ幸いです。

「ピースランド」内観
オーナー：中神隆夫

劇中に登場するメタバースや、AR、VR、NFTといったモチーフは、自分がそういった動画配信系の仕事をしていた体験から引っ張ってきました。直接会ったこともないし顔も知らないのに、リモートの音声だけで一年間以上会議してきた人のことや、ディレクターとして配信者の人と話し合ってきたことが、それらのモチーフを登場させるきっかけになりました。そして、自分が学生だったとき、学校でのいじめをネットの匿名掲示板に相談したところ、一番最初の返信は変な鳥が「バーカ!」と叫んでいるアスキーアートで、それを見て、悲しくも、なぜか面白く感じた体験がなければ、ここまでネットに興味が湧くことはありませんでした。あのときの名無しさんに、あなたがきっかけですとも言いたいです。

今、こうなったから良かったと思えていることが沢山あります。こうならなかったとしたら後悔しかなかったと思います。こうなれたのは運が良かったのか、それとも後悔しかないような出来事を経て、それをどうにかしようとしたからこうなれたのか、それとも、本当はどうにもなっていないし、そんな出来事は関係ないのかもしれないし……。まだ腑に落ちていませんが、今回の受賞を機に、気を遣(つか)って好きでもないことを好きだといってしまう自分から離れていこうと思えました。

『ハートランド』のあとに書き終えた『養生』は、「なぜ作品を作りたいという衝動に駆られるのか」についてをいちど見つめ直して描いた、原点回帰のような作品です。

『養生』公演チラシ【 作：りょこ 】

養生

「何を、諦めれば——。」

ゆうめい

第34回下北沢演劇祭参加作品

SHIMOKITAZAWA THE SUZUNARI 2024.2.17-20

ゆうめい『養生』公式 HP
https://www.yu-mei.com/yo-jo

『養生』は内容よりも先に美術から考えました。その美術は、かつて自分が美大の彫刻科に通っているとき、材料費を稼ぐために働いていたアルバイトの夜勤中に思いついたアイデアが基になっています。このあたりのことはネット上でかなり書いたので、さらに気になる方はＵＲＬもしくはＱＲコードからウェブサイトにてご閲覧ください。

彫刻作品がうまくつくれず、まったく注目されていなかったとき、夜勤の正社員になりたいと思っていました。世の中にとって少しでも必要な存在にならなければと変に焦っていた時期で、作品をつくろうとすればするほど自分の価値について考えてしまっていたのです。今も考えていますが、あれから10年以上が経ち、当時を思い出すようにして書きました。

『養生』舞台写真
美術：池田 亮　写真：佐々木啓太

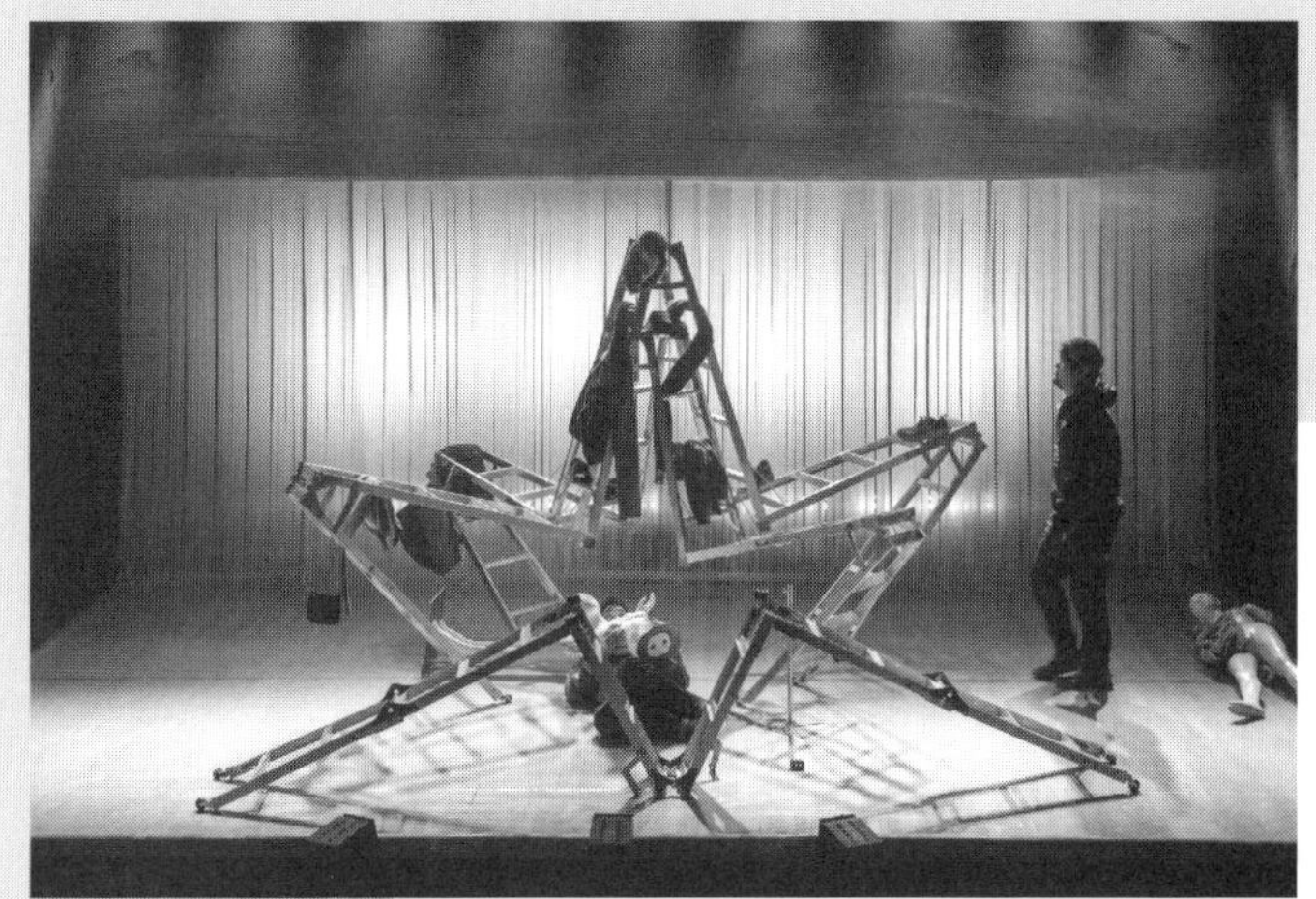

２０２４年現在の自分は31歳になりました。

『ハートランド』と『養生』を心から再演したいと思っています。作品をつくるにあたってさまざまな悩ましい現実があるとしても、今は、まだやりきれていない気がするからです。公演がすべて終わると毎回「やりきった」と思うのですが、一週間ぐらいすると、「あれあっちのほうが良かったんじゃないか」とか、自分の反省点が次々と浮かび上がってきます。これまでに、反省点のなかった公演はありません。むしろ、回数を重ねるごとに、減るどころか確実に増えています。それは、作品を上演することによって、そこで出会う方々や関わる方々、そして自らの作品に向けられる言葉が増えてきているからです。

自分は、いただいた感想を絶対にチェックしたい、聞きたいタイプです。良い悪いも、関係ないことも、作品を通して観劇者の言葉をいつでも知りたいです。エゴサーチを今でもしてます。SNSの最近のワード検索履歴は、過去作品名ばかりです。

　あとがきを書いていると、「自分の伝えたいことや表現したいことは作品のなかのほうがあります」と声を大にして言いたい気持ちが強まります。なのでどうか、この戯曲本を読んでくださったあなたに、自分たちの舞台作品を観ていただきたい。そして、あなたからの言葉をいただきたい。そこでようやく、作品と現実が繋がる気がするからです。観客たちの現実と人生を伴った応答を知るためにこそ、自分は作品をつくり続けたいのです。

最後に。『ハートランド』のキャスト・スタッフ・関係者各位、そして『養生』や過去作品に関わってくれた皆様、そして自分と出会ってくださった皆様へ、心から感謝申し上げます。本当にありがとうございました。伝えたいことはまだまだ沢山ありますが、次にまたお会いしたときに話させてください。

そしてこれから、現実なのかメタバースなのかどこなのかで出会う、新たななのか会ったことあるなのかの皆様の言葉を想像しながら、いつか会えるときを想いながら、これからも作品をつくっていく所存です。

２０２４年４月４日

池田　亮

上演記録

『ハートランド』

公演日程　２０２３年４月20日（木）〜４月30日（日）
劇場　東京芸術劇場　シアターイースト

●キャスト

相島一之　sara　高野ゆらこ　児玉磨利
鈴鹿通儀　田中祐希

●スタッフ

作・演出　池田 亮
宣伝美術・アニメーション　りよこ
舞台監督　竹井祐樹
舞台美術・衣裳　山本貴愛
音響　佐藤こうじ　池田野歩
照明　吉本有輝子
映像　新保瑛加
制作　高橋戦車
稽古場代役・アナウンス音声　松本むち
舞台監督助手　松井桃子
照明オペレーター　吉田一弥
映像オペレーター　たなかりか
衣裳進行　高橋聖子
大道具製作　俳優座劇場
小道具　竹井祐樹　松井桃子　池田 亮
制作助手　及川晴日
記録写真　佐々木啓太
稽古場写真　石倉来輝

提携　公益財団法人東京都歴史文化財団東京芸術劇場
助成　芸術文化振興基金
主催　合同会社ゆうめい

『養生』

公演日程　2024年2月17日（土）～20日（火）
劇場　下北沢ザ・スズナリ

●キャスト
本橋龍　黒澤多生　丙次（田中祐希）

●スタッフ
作・演出・美術　池田亮
舞台監督　黒澤多生
ビジュアル出演　小松大二郎
宣伝美術　りょこ
音響　今里愛
照明　阿部将之
制作　高橋戦車
音響オペレーター　深澤大青
照明オペレーター　関口詩葉
制作助手　笹本彩花
記録・稽古場写真　佐々木啓太
映像収録　川本啓
助成　公益財団法人東京都歴史文化財団 アーツカウンシル東京
主催　合同会社ゆうめい

『ハートランド』劇中アニメーション
『itchy』
作：りょこ
パラパラマンガ 2

注意事項

戯曲を上演・発表するさいには必ず、（稽古や勉強会はのぞき）著作者・権利管理者に上演許可を申請してください。

次頁の「上演許可申請書」を切りとって記入したうえで、以下の住所へ郵送してください。

申請書を受理しましたら、折り返し、上演の可否と戯曲使用料をご連絡させていただきます。

戯曲使用料の計算根拠としますので団体名、会場名、入場料の有無、入場者数の見込み等を明記してください。

特記事項がある場合は、備考欄に記してください。

合同会社 ゆうめい
Mail：yumei.contact@gmail.com
https://www.yu-mei.com

上演許可申請書

年　月　日

申請者

印

作品名	□ ハートランド　　□ 養生
団体名	
主催者名	
演出家	
上演期間	年　月　日（　）～　年　月　日（　）
会場	
料金	前売　円　当日　円 ／ 無料
ステージ数	ステージ
1ステージあたりの座席数（キャパシティ）	人
使用範囲	□ 一部 ／ □ 全部
カット・脚色の有無	
担当者（連絡先）	氏名：
	住所：
	電話：
	Mail：
備考	

第1刷

著者略歴

池田亮【いけだりょう】
1992年8月31日、埼玉県春日部市生まれ。東京藝術大学大学院美術研究科彫刻専攻修了。
劇作家、演出家、俳優、造形作家。
代表作に、「弟兄」「姿」「娘」(以上、ゆうめい)、「テラヤマキャバレー」(梅田芸術劇場)。

お問い合わせ:
ゆうめい yumei.contact@gmail.com 公式HP https://www.yu-mei.com 公式𝕏 @y__u__m__e__i

2024年 5月5日 印刷
2024年 5月30日 発行

著　者© 池田亮
発行者 岩堀雅己
発行所 株式会社白水社
電話 03-3291-7811(営業部) 7821(編集部)
住所 〒101-0052 東京都千代田区神田小川町3-24
www.hakusuisha.co.jp
振替 00190-5-33228
編集 和久田頼男(白水社)
装丁 奥定泰之
印刷所 株式会社理想社
製本所 株式会社松岳社
乱丁・落丁本は送料小社負担にてお取り替えいたします。

ISBN978-4-560-09325-2
Printed in Japan